L'Étoile d'Alger

Aziz Chaouaki

L'Étoile d'Alger

ÉDITIONS FRANCE LOISIRS

Édition du Club France Loisirs,
avec l'autorisation des Éditions Balland.

Éditions France Loisirs,
123, boulevard de Grenelle, Paris
www.franceloisirs.com

ISBN 2-7441-6821-1

Pour Yasmine

I

1

Noir et ample, un voile couvre la face du ciel, masque sévère sur les yeux du soleil, les atours d'Alger ont disparu. Nuages gonflés fiel, crachin ocre, temps de tremblement de terre.

L'horizon aussi a disparu.

Cité Mer et Soleil, la voiture de Djelloul s'arrête devant le bâtiment C, Moussa descend en bâillant. Il claque et reclaque la portière, puis ils se séparent d'un simple geste.

Deux ou trois fois le refrain ?

Vérifier tout à l'heure, accrochage à ce sujet avec le bassiste.

On parie que c'est trois fois ?

Cloaque boueux devant l'entrée du bâtiment, Moussa soulève les pans de son pantalon, slalom souple entre les flaques, hop. Il en rate une, les beaux souliers vernis, 750 dinars, plongent. En maugréant, il sort un petit mouchoir blanc, crache dessus et nettoie les taches.

Le hall d'entrée de l'immeuble est dévasté, boîtes

aux lettres éventrées, murs et escaliers laminés, gosses, gosses, gosses.

Pieds et torse nus, un enfant de trois ans s'ébroue dans la fange, les joues tatouées de boue. Il s'amuse avec un oiseau mort, lui arrache les plumes une à une.

Moussa détourne les yeux, l'enjambe et se dirige vers les escaliers, mort de fatigue. Nuée de gosses, en grappes morveuses dans les cages.

La cité se réveille, faces renfrognées, toux sèches, qui au chagrin, qui à tenir les murs. Écoliers, travailleurs, jeunes oisifs par décret du Ciel.

Dans la rue, voitures rechignant à démarrer. Allez, mets en deuxième, on va pousser, oh hisse, il y a des bras, des milliers de bras robustes et dormants. Allez pousse, pousse, les bougies ? La batterie ? Je connais quelqu'un à Bouzaréah, il peut t'avoir une batterie, si tu as de la chance.

Une puissante odeur de parfum corrompt l'air rance de cette matinée. Tiens, c'est Wahiba, la fille Méziani. Sacrément roulée la pépée, salut, salut, secrétaire dans une agence de voyages, je crois.

Ce qui doit se passer à la baraque en ce moment ?

Bon, c'est mercredi, Saliha, Kahina et Mohand doivent être partis au boulot, Nacéra et Ouardia à la fac. Papa dévore la page politique du journal en pestant, comme toujours, contre le gouvernement.

Maman prend ses médicaments pour sa sciatique, sa tension et son diabète. Mémé roule déjà son couscous, Z'hor doit faire la lessive, le ménage. Ses gamines, Maya et Fella, quatre ans et cinq ans, jouent au balcon. Sahnoun, chômeur-simple, autiste depuis des années, doit encore dormir. Et Slimane, chômeur-islamiste, sûrement à la mosquée, lui, avec les barbus.

Cage 9, escalier F, 5e étage, palier A, no 35. Éreinté, Moussa cherche sa clef, il ouvre doucement, en redoutant l'accueil.

Mal de crâne, quelle soirée !

La fête s'est bien passée, en gros, bonne organisation, bien payé en tout cas, 20 000 balles dont 8 000 pour Bibi. Normal : la vedette. C'est pas rien de chanter pendant plus de cinq heures avec juste un petit entracte. Répertoire type de mariages : tu mets un peu d'algérois au début, pour détendre, puis tu attaques direct au bas-ventre, le plat de résistance, la chanson kabyle moderne, la spécialité du chef. Il y avait même un journaliste d'*Algérie Actualité*, grosses moustaches, on a pris rendez-vous, peut-être une interview ?

Faut dire que je me suis défoncé, tout le monde a dansé jusque tard dans la nuit. Le violoniste a fait quelques fausses notes, mais ça va. Ensuite, on a veillé avec les copains, l'orchestre, jusqu'à l'aube, trente-six cafés au lait, sandwichs, au Terminus. Clientèle de petit jour, musiciens, danseuses de cabaret. Puis, vers 7 heures, retour à la cité avec Djelloul, le chauffeur du groupe.

Je fais exprès de rentrer au petit matin. Comme

ça c'est mieux, comme ça tu tombes de fatigue direct, comme ça tu vois un peu moins.

Quatorze personnes dans trois pièces.

En ouvrant la porte, risquer un œil, Fella me saute au cou, lui glisser une pièce de 10 balles, raser le mur du couloir et filer dans la chambre des garçons.

Sahnoun dort encore, Slimane est déjà dehors. Moussa se déshabille à tâtons, puis se jette sur son matelas mousse à même le sol et sombre dans le sommeil.

*

Réveil torride vers 16 heures, cris de gosses, hurlements de femmes se disputant sur le palier, postes de radio à fond, klaxons, courants d'air, portes qui claquent.

Quelque chose contre son front, c'est la petite menotte de Maya, son frais museau qui l'embrasse. Bouffée de vie. Moussa prend la gamine dans ses bras et s'enroule dans le grelot de ses rires.

Le dos au mur, Sahnoun est assis sur son matelas, un roman policier dans les mains. Il ne lit que ça, pas quitté la chambre depuis plus de dix ans, sauf quand on l'emmène à la clinique pour des contrôles. Autisme absolu, Sahnoun ne parle qu'à la mémé, au compte-gouttes, il a quarante-huit ans.

Moussa se lève, quelques mouvements de sport, puis, Maya dans ses pattes, il fouille dans les poches de sa veste et en sort un paquet de Marlboro qu'il tend à son grand frère. Bonheur quotidien, cigarettes et romans policiers, les yeux de Sahnoun brillent de reconnaissance.

Salle de bains, brin de toilette, coupures d'eau. Moussa prend de l'eau du jerrican et se débarbouille face au miroir : beau gosse, pas à dire. Voir le dentiste pour cette dent, là. Faut que le sourire éclate, c'est comme ça que tu deviens Michael Jackson.

Dans la cuisine, maman est déjà dans les marmites, gémissant de partout, rhumatismes, diabète. Baiser furtif au front, elle me sert le café que j'avale debout.

D'où je suis, je peux voir le cadre de la photo de Mouloud, sur la télé. Le héros de la famille, mort au maquis, les armes à la main, c'était la guerre, l'indépendance. Chaque fois que maman fait le ménage, elle essuie la photo, les yeux humides.

Dans le salon, papa scrute la presse en écoutant la radio, grognement bourru en guise de bonjour. Me parle plus depuis des années, depuis que je lui ai calibré ma carrière les yeux dans les yeux : chanteur professionnel. Violentes discussions à ce propos. Depuis, silence chargé des deux côtés.

Il a pris ça comme une trahison, il aurait voulu que je sois chef de service, ou quelque chose dans le genre.

Retour vers la cuisine, je glisse une liasse de billets, le quart de la paye d'hier, à maman. Comme toujours, elle les prend en faisant semblant de refuser.

Z'hor, ma grande sœur, traverse la cuisine avec une grande bassine d'eau, coupures d'eau.

Fella décapite soigneusement sa poupée dans le couloir. Courants d'air, les fenêtres claquent, papa hurle du salon, je suis très, très, mal réveillé.

Sur le balcon, la mémé et Z'hor mettent le couscous à sécher. Maya et Fella entre mes jambes, je reviens dans la chambre.

Sahnoun est plongé dans son SAS, une cigarette au bec. Le cœur étroit, je mets mon jogging USA et je prends mon mandole. Puis, en rasant les murs, descendre les escaliers, en évitant les grappes de gosses.

Répéter le dernier tube en vogue, Moussa se dirige vers le terrain vague derrière la cité, face à la mer, la grande baie d'Alger.

Cité Mer et Soleil, violents immeubles marinant dans des montagnes d'immondices, tout le monde se fout de tout dans ce pays. Eh bien moi aussi je m'en fous, je vais quitter ce bled et je deviendrai une grande vedette, Paris, Londres, New York, le show-biz...

Le ciel est toujours noir.

Poubelles éventrées, gorgées de détritus, carcasses d'appareils électroménagers, vieux pneus brûlés, Moussa s'aménage un petit coin.

Enfin libre, c'est là qu'il adore travailler. À la maison impossible, manque d'espace, il se met face à la mer, derrière lui les poubelles.

Sa fierté, un Walkman, acheté 3 000 dinars, trabendo, une affaire. Il se roule un gros joint et commence à travailler, apprendre le dernier tube de Takfarinas, la mégastar de la chanson kabyle moderne.

Moussa sait qu'il va bouffer Takfarinas, aux petits oignons, question de temps. Son ambition à lui c'est les étoiles, oui, Michael Jackson, Prince, les USA, loin des Arabes, de la misère crépue, de la merde brune...

Le casque sur ses oreilles, il chante à tue-tête. Retour en arrière, il cale le refrain, compte les mesures, tire sur son joint et reprend à pleins poumons.

Hein ? Qu'est-ce que je disais ? C'est bien trois fois le refrain, faire écouter la cassette, la lui faire bouffer au bassiste de mes deux...

Moussa reprend de plus belle. Soudain, il casse une corde de son mandole, oh merde... rafistoler la corde, un bon nœud et ça ira, du moins pour aujourd'hui. Mais faut vite prévoir un jeu de cordes.

Il continue à chanter en battant du pied de toutes ses forces. La mer grise devant lui, terrain vague, ordures, des gosses dedans rient.

Ils connaissent tous Moussa Massy, passé deux fois à la radio, et un quart de colonne sur le journal, page 16, jeune espoir de la chanson kabyle moderne.

Pourquoi Moussa Massy ?

C'est mon nom de star, en fait je m'appelle Méziane Boudjiri, évident que tu peux arriver nulle part avec un nom pareil. C'est Rachid qui m'a trouvé ce pseudo. Massy c'est le diminutif de Massinissa, roi berbère, IIIe siècle avant Jésus-Christ. Ou alors VIIIe siècle ? Faut vérifier. Et Moussa parce que ça sonne bien, Moussa Massy, Mss Mss, M. and M., ouais, ça sonne bien. Dans quelques années, quand je serai reconnu, ça sera juste Massy, tout seul comme ça.

Moussa écrit son nom partout, Massy, sur ses jeans, pans de nappe, murs des toilettes de bar, sur son mandole, partout, Moussa Massy, Moussa Massy.

La cassette ralentit, les piles, merde, plus de piles sur le marché, peut-être au trabendo, dix fois le prix. Moussa s'en fout, il achètera tout ce qu'il faut, quel que soit le prix, faut viser haut, là-bas dans le ciel : Michael Jackson.

C'est grâce à Rachid que Moussa voit mieux sa carrière. D'ailleurs il doit le voir tout à l'heure, peut-être qu'il a ramené un exemplaire du poster ?

Rayons d'aise dans ses veines à l'idée : un poster de lui, avec Moussa Massy en grand, violet sur fond jaune, il fait confiance au talent de Rachid, graphiste, artiste complet.

Moussa enlève le casque et reprend le morceau en gueulant. Vocalises claires, tranches de chant charnues, avec vibrato lyrique, andalous, flamenco, Iglesias.

Ah putain, je rêve de faire ma propre cassette, mes propres morceaux ! N'importe quel connard a déjà sorti une cassette, pas de raison...

Vers 17 heures, il remonte chez lui, la tête basse,

partout dans la cité, barbes kamis, barbes kamis, barbes kamis.

Il fait tout pour qu'ils remarquent pas son mandole, il sait ce qu'ils doivent se dire, saltimbanque, suppôt du diable, pédé, etc.

Moussa monte les escaliers en serrant les dents, il se prend un gosse au passage. D'un violent coup de pied, il s'en débarrasse.

— Laisse le passage, merde !

Le gosse l'insulte et lui jette des pierres. Moussa pose son mandole et lui court derrière, fou de rage. Le gosse se faufile entre les poubelles, d'autres gosses rient en applaudissant. Moussa le coince enfin contre un lampadaire, le tenant par la gorge. Essoufflé, il lui feule à l'oreille :

— Écoute-moi bien, si tu recommences, je te nique pour de vrai, compris ?

Des adultes interviennent, des islamistes surtout, prêchant la paix des cœurs, car Dieu est Seul Juge, et tatati et tatata...

Moussa ravale sa rage, s'excuse, reprend son mandole et remonte chez lui sous le regard des badauds tout contents, spectacle à l'œil.

Il se réfugie dans sa chambre.

Imperturbable, Sahnoun est toujours dans son SAS, grand gosse de quarante-huit ans, béatitude intérieure. Il a raison Sahnoun, le bonheur c'est en silence.

Slimane est là, aussi, petits brins de barbichette, kamis gris, lisant des livres religieux jaunis par l'usage.

Sans un mot, Moussa pose son mandole et s'allonge sur son matelas, calme, yoga, calme.

Au-dessus de son lit, une petite étagère croule sous des cassettes, des vieilles revues, *L'Express, VSD, Paris-Match*, un poster de Michael Jackson. Petites reliques, cartes postales, Paris, Londres, poupée espagnole, bracelet africain, lunettes noires, carnet d'adresses. Quelques livres : *Contes et légendes berbères* d'Isabelle Rakowski, une biographie de Pelé, d'Edmund Jaspers, *La Vérité sur l'affaire Kennedy* de Jack W. Rafferty, le tome deux de *Guerre et Paix*, qu'il n'a jamais ouvert, un vieux *Larousse* amputé de la moitié de la lettre A, un exemplaire de la *Charte nationale*, deux *Robinson Crusoé*, va savoir pourquoi, *La Répudiation* de Rachid Boudjedra qu'il n'a jamais compris.

Moussa se reconstruit le psychique, tenir bon, il sait que seule la musique, tenir bon, peuvent pas comprendre, peut-être un jour... Quand ils me verront à la télé, sur la parabole, oui, Moussa Massy en concert à Bercy, ou à New York. Ce jour-là oui, mais ça sera trop tard pour eux, ils ont qu'à se faire foutre tous tant qu'ils sont, leur montrer.

Oui c'est ça, leur montrer à tous.

Caressant sa barbe, Slimane s'approche de lui timidement :

— Méziane, tu n'aurais pas... je... mes souliers sont déchirés, c'est tout ce que j'ai. Tu... juste 200 dinars, Dieu te les...

Moussa, à cran :

— Ils peuvent pas te donner 200 balles à la mosquée, hein ? Les barbus, ils sont bons qu'à critiquer, péché, péché. Mon fric c'est l'argent du diable, ça vient de la musique, c'est péché, tu le sais bien, ça ?

Slimane baisse les yeux, Moussa c'est le grand frère, donc les codes.

Moussa le regarde, Slimane est foutu, son âme est déjà dans la gueule de Dieu, le barbu vociférant, s'entend.

Pourtant il était adorable, Slimane, tendre et innocent, jeune laitue fraîche... Je le revois y a pas si longtemps imiter George Michael, courtiser en rougissant la voisine du troisième. Mais qu'est-ce qui s'est donc passé ?

Slimane se lève pour sortir, Moussa le rattrape :

— Attends, abruti, tiens les voilà tes 200 balles. Trouve-toi un boulot, sois un homme, laisse tomber ces barbus ! Oh, et puis après tout, fais ce que tu veux, c'est pas mon problème, que chacun se démerde.

Slimane empoche le billet, les yeux baissés, marmonnant sa gratitude. Sahnoun n'a pas décroché de son SAS, caressant son paquet de Marlboro.

Sans sortir de la chambre, Sahnoun s'est constitué son réseau dans la cité, une dizaine d'accros qui s'échangent des polars. Ils viennent à la maison, surtout Djelloul, le mécano du quartier, à peu près une fois par semaine, laconique négoce, comme ça depuis des années.

Allongé sur son matelas, Moussa respire, regarde

de biais le sourire de Michael Jackson au mur, ça donne du courage.

Et puis y a le journaliste d'hier, peut-être une interview ? Ah si ça pouvait se faire... en parler à Rachid.

Pas loin de 18 heures, voir Rachid, oui, ça fait du bien, y a que lui qui peut comprendre. Moussa adore discuter avec Rachid, c'est toujours fructueux, plein de sagesse, il en revient chaque fois requinqué.

Changer de look, il enlève son jogging, met un jean, des mocassins, un tee-shirt Benetton et une veste noire Danton : parfait. Dans le couloir il croise Ouardia et Nacéra, reviennent de la fac, bises complices, les sœurettes l'admirent.

Moussa leur glisse un billet de 100 :

— Vous avez qu'à le couper en deux, dit-il, les laissant à leur fou rire.

Ça commence à se remplir dans l'appartement, quatorze à vivre dans ce trois pièces. Pour le moment, il manque Mohand, rentre du boulot vers 19 heures, magasinier à la Sonatmag. Et Kahina, caissière au supermarché de Pins Maritimes, vers 19 heures aussi.

Tiens Saliha est déjà là, prof de maths à Kouba, dans un lycée. C'est la chouchou de la famille, Saliha, prof de maths, c'est normal. Saliha vient d'avoir trente-quatre ans, pas encore mariée.

Elle chope Moussa au passage :

— Eh, dis, quand est-ce que tu ramènes la pompe à eau ? Le moteur il va couler, tu avais dit aujourd'hui ! Moi je m'en fous, Méziane, si le moteur coule, vous avez qu'à vous débrouiller. J'en ai marre, déjà que c'est moi qui paye l'assurance...

Gêné et agacé, Moussa :

— Ça va, ça va. Je dois voir un gars ce soir, t'en fais pas, je vais la ramener cette pompe à eau.

La Ritmo, c'est devenu un membre de la famille. Saliha l'a achetée 12 millions l'an passé, une affaire, elle est de 1980, exactement dix ans.

Moussa n'a pas de permis de conduire, chaque fois il se dit le mois prochain.

Trop de monde, oui, quatorze dans trois pièces, avec quatre salaires, plus la retraite du vieux, une misère tous les trois mois.

Et Mohand qui doit se marier l'an prochain, il a quarante-cinq ans, ça fait déjà trois ans qu'il reporte, pas de logement, pourtant il a un bon job...

Ça commence à brailler, les mômes, papa et son ulcère, Z'hor et maman aux fourneaux, l'espace se rétrécit. Moussa a du mal à respirer. C'est le moment de sortir, prendre un peu d'air, voir Rachid.

Saliha s'est débrouillée du Zantac pour l'ulcère de papa, 500 dinars trabendo, ça va peut-être le calmer un peu.

Trente ans de service comme receveur à la RSTA, t'en sors pas comme ça. Champ de Manœuvres-Ben Aknoun, la ligne la plus longue, bus bondé, poussif à monter la Colonne Voirol, contrôler les resquilleurs, sortir le gros gourdin au besoin. Papa est à la retraite depuis huit ans.

Une âpre odeur de couscous parfume l'appartement, Z'hor vient d'enlever le couvercle. Tout le monde attend Kahina pour le dîner. Elle doit rapporter du gruyère en cachette du supermarché, il y a eu un arrivage cette semaine. Les frangines parlent déjà d'un gratin aux pommes de terre, pour demain. Ouardia rappelle à tout le monde la première fois que la mémé a vu du gruyère, elle croyait que c'était du savon.

Un fou rire fuse de la cuisine, soutenu par les cris hystériques des deux gamines.

Du salon, lui répond un puissant hurlement, c'est papa qui exige le silence absolu, il est en train de lire *Horizons*, le journal du soir.

Moussa décide de sortir au cri du père.

Ouf, il est au bas de l'immeuble, grappes de barbes en kamis autour des poubelles et des flaques d'urine.

Bref salut au passage, Moussa remarque les nouveaux barbus. Tiens, même Spartacus, ben mon vieux...

Touchante petite larve, ivrogne invétéré, spécialiste du zombretto.

Et aussi Baïza, le truand des arrêts de bus, Moussa l'a vu éventrer un mec l'an dernier, vreffff, coup de rasoir, les boyaux lui sont tombés dans la main.

Eh bien, il est beau l'Islam !

Les grappes barbues se figent, les voix se taisent. Suintant de rage et de concupiscence, les regards convergent et se tendent soudain. C'est Wahiba, la fille Méziani, revient du boulot, robe mini, éclatante gueule de désir.

Moyenne d'âge dix ans, une meute de gosses sifflent d'admiration à son passage, certains sortent leur quéquette toute brandie, en lui hurlant :

— Eh, Wahiba, donne-nous à niquer !

— Tu veux pas venir me sucer, Wahiba ?

— Ah, ce cul ! Regarde comme il balance... mmm comment je te la baise !

Superbe de dignité, Wahiba les ignore en faisant encore plus rouler son popotin. Elle sait qu'elle les rend cinglés, elle adore ça. En relevant une mèche de cheveux, elle décoche un sourire des yeux à Moussa, qui le lui rend tout aussi discret.

Ouais, putain, la coincer dans une cage d'escalier... oh, juste la baiser vif et bien, rien de plus. Le cœur est déjà pris, Fatiha, oui, la douce et verte prunelle de la vie, doit revenir vendredi de Kabylie, l'enterrement de son grand-père.

Charrette tirée par un mulet, un marchand de quatre-saisons se poste sous l'immeuble, tomates à la criée, 50 dinars le kilo, des couffins accrochés à des cordes descendent des balcons.

Un taxi arrive, Moussa le prend, direction cité Garidi, nouvelle cité, cadres, intellectuels.

Le taxi ressemble à une mosquée ambulante, effluves de musc, autocollants du FIS, Allah, versets du Coran, une cassette de prêches virulents d'Ali Benhadj explose les baffles.

Lunettes noires, chewing-gum, bedaine replète, le chauffeur peste contre les femmes sans hidjab, toutes des putes, ah bientôt tout va changer, le FIS va te nettoyer ça vite fait, tu vas voir.

Moussa fait mine d'acquiescer, changer les cordes du mandole, débrouiller la pompe à eau, le taxi prend la bretelle pour Ben Aknoun.

*

Cité Garidi, le taxi s'arrête devant le bâtiment A, Moussa paye et descend. Impeccable comme cité, tu te crois en Suisse, espaces verts, propres, parkings, rien à voir avec Mer et Soleil.

Des femmes poussent des landaus et papotent sur le trottoir, elles n'ont pas de hidjab. Pas beaucoup de gosses, de toute façon ils sont pas pareils ici, blonds, propres sur eux, on dirait des Suédois.

Deuxième étage, sonnette New Age, Rachid ouvre, il est en saroual noir et tee-shirt blanc, de la musique sort de chez lui, du jazz, il fait entrer Moussa.

Le père de Rachid est diplomate à Londres, il a donné ce grand trois pièces à son fils qui l'habite seul, ouais mon vieux ! Rachid a monté sa boîte de pub l'an dernier, ça va, il a des clients, il bosse.

L'appartement est spacieux, clair, tableaux que Rachid a peints, petits spots verts. Dans un coin, une guitare sèche, des toumbas, une chaîne stéréo puissante, lecteur laser, l'un des premiers à Alger.

Rachid et moi, on s'est connus au service militaire, marine nationale à La Pérouse, petit port de paradis, j'étais sous-off. Rachid est arrivé huit mois plus tard, il était sous mes ordres. Après, il est devenu sous-lieutenant, les belles années.

Rachid baisse la musique :

— Alors, ça s'est bien passé, hier soir ?

Enlevant sa veste, Moussa :

— Normal, mariage routine, jusqu'à 5 heures du matin.

Rachid ouvre le frigo :

— Qu'est-ce tu bois, Heineken ? Carlsberg ? Whisky ?

Les mains sur ses genoux, Moussa :

— Comme toi, je te suis, vas-y roule !

Rachid sort des verres, des glaçons :

— Moi, je roule vodka. Une vodka-orange ?

— Ça m'arrange.

Ils trinquent, Moussa n'en revient jamais de chez Rachid, c'est incroyable, tu te croirais à Paris ou New York, ça doit être toujours comme ça, là-bas.

Rachid quitte le salon et revient avec un grand classeur à dessins :

— Ça y est, j'ai une épreuve de tirage, tu vas voir, c'est pas mal.

Il ouvre le grand classeur et en sort un poster, format A3. Moussa en a le souffle coupé : c'est lui ? Cheveux gominés, look années 50, noir et blanc teinté, juste une goutte de couleur, sépia jaune pour le fond, avec en violet Moussa Massy, écriture ronde.

Moussa bave de joie, réalise pas encore, on dirait que c'est pas lui. Rachid inspecte le poster, le regardant de trois quarts :

— Ils ont raté un peu le fond, je le voulais plus dégradé, juste une pointe de jaune. Je trouve qu'ils ont un peu forcé, mais ça va en gros, non ?

Les yeux de Moussa dévorent le poster :

— Euh... oui, c'est... formidable... pour moi, en tout cas.

Rachid :

— Bon, eh bien c'est parfait, je garde celui-là, petites retouches. Demain je donne ça à l'imprimeur et on pourra commencer le tirage. Cinq cents exemplaires d'abord, après on verra, c'est bon ?

Du fond de son verre, Moussa :

— Oui, c'est bon, et... c'est pour quand ?

Rachid resservant des vodkas-orange :

— Faut compter deux semaines, je connais l'imprimeur, je vais suivre le travail. T'en fais pas, ça va être du bon boulot.

Moussa, se frottant les mains :

— Oh, je te fais confiance, je suis entre tes mains.

Rachid pose le poster, l'air malicieux :

— Et... tu as pu avoir du... *pneu* ?

Moussa sort une barrette brune, le péché mignon de Rachid. C'est Moussa qui lui fournit, pas difficile : à Mer et Soleil tout le monde en vend.

Rachid prend la barrette :

— Hum, putain, il pue bien, celui-là. Je te dois combien ?

Moussa rigolard :

— Oh, rien du tout... juste le respect, c'est tout.

Rachid levant la barrette au ciel :

— Eh bien, mes respects à Massy, la nouvelle vedette de la chanson kabyle !

Coup de sonnette, c'est Farid et Sam, guitariste et batteur, des amis de Rachid, Moussa les connaît, de vrais clients.

Grand et chevelu, Farid se vautre dans un fauteuil, Sam a déjà ouvert le frigo :

— Putain, Farid, il y a de la Ayeneken, de la bière kabyle, oh !

Moussa est un peu en retrait, Rachid fait écouter le dernier Miles Davis à Farid, un son gommeux emplit l'espace.

Farid prend la guitare sèche et improvise sur le morceau, comme ça, d'oreille, technique pure, Wes Montgomery. Sam se met aux toumbas et l'accompagne, léger, fin, bien à propos.

Abasourdi par la virtuosité, Moussa essaye de mémoriser, le doigté, le rythme. Ça va trop vite pour lui, trop raffiné, mais il veut comprendre, c'est exactement ça qu'il veut.

À la fin du disque, Farid chante un morceau de George Benson, Sam lui fait les chœurs, Moussa déguste la pureté du brio.

Finale, Farid pose la guitare et accepte le joint de Rachid :

— Super, Farid, bien blues la voix, on sent toujours Ray Charles, non ?

Farid, exhalant la fumée :

— Ah, c'est lui le mac, pour moi.

Trapu et robuste, Sam entonne *Georgia on my*

Mind, avec l'accent kabyle, en clignant de l'œil vers Moussa.

Fou rire, Moussa apprécie en levant son verre, Rachid branche la vidéo, clip de Prince. Moussa boit du petit-lait, mais oui, c'est ça... Prince... c'est exactement ça qu'il faut. Il enregistre chaque geste, les regards, les costumes, le jeu de scène.

Au bout d'un moment, Farid et Sam se lèvent, doivent aller jouer au Triangle, la boîte à la mode d'Alger.

Rachid promet de passer vers 2 heures du matin, il doit récupérer Lynd', sa fiancée, elle est à un cocktail chez les Bensidhoum.

Une fois seuls, Moussa lui parle du journaliste d'hier, rendez-vous la semaine prochaine, peut-être un article ?

Le visage de Rachid rayonne :

— Super ! Faut bien étudier le topo, préparer les réponses, professionnel, quoi. Ah ouais, c'est une bonne nouvelle, ça. C'est qui ce journaliste ?

Moussa finit de rouler un joint, il passe la langue sur la colle du papier :

— Il s'appelle Kamel Hamidi. Ah putain ! pourvu que ça se fasse, touchons du bois.

Rachid connaît tout le monde à Alger, les artistes, les intellos :

— Ah oui, je vois, c'est lui la culturelle d'*Algérie Actualité*. Mmm, pourvu qu'il soit pas trop langue de bois. De toute façon, nous on prépare bien notre topo, faut pas dire n'importe quoi, un article, ça peut te coller au cul toute ta vie.

Fêter ça, Rachid ressert à boire et branche Moussa sur sa carrière, look, médias, producteurs, image, contrats. Moussa comprend, veut pas rester une merde, non, Moussa veut devenir MASSY, la nouvelle vedette de la chanson kabyle moderne.

Vers 22 heures Moussa se lève, rendez-vous avec Derdiche pour la pompe à eau. Rachid le dépose avec sa Fiat Uno toute neuve, moquette feutrée, autoradio soft et puissant.

2

Derdiche habite à Belcourt, au fond d'une impasse, sauvage architecture néogrunge, parpaings, tôles ondulées. Six familles vivent là-dedans, dont celle de Derdiche.

Moussa l'a connu lors d'une fête à Beau Fraisier, Derdiche était bourré, il a promis à Moussa de lui trouver une pompe à eau. Ça fait deux mois que toute la famille en cherche une, introuvable, même au trabendo. Derdiche est le dernier espoir.

Moussa se faufile derrière le cinéma Roxy, prend vers la gauche et débouche sur l'impasse de Derdiche, deux ruelles plus loin.

Trois longs sifflements, rien. Moussa insiste, une ombre sort de l'ombre :

— Qui va là ? Qu'est-ce tu veux ?

Moussa, croisant les bras :

— Euh... excusez-moi, je... cherche Derdiche.

L'ombre :

— Il est pas là, il est au Roxy.

Le ciel est scintillant d'étoiles, Moussa revient vers le Roxy, ça fait un siècle qu'il n'est pas allé au cinéma. Devant la porte, des hordes de mioches à vendre de tout sur des petites tables de fortune, cacahuètes, cigarettes, piles, médicaments, pétards. Moussa prend des Marlboro, 80 balles.

À l'affiche : *La Révolte des dragons.*

Les yeux cerclés de khôl, longues barbes teintes au henné, des islamistes en tenue afghane proposent des revues religieuses, des chapelets, du musc, des reliques, de l'eau bénite de La Mecque.

Il s'approche du caissier, thé à la menthe, poste de radio crachant un match de foot. Moussa lui baragouine n'importe quoi, voir un ami, affaire de famille, juste deux minutes, je te laisse ma carte d'identité. Le caissier accepte et le laisse entrer.

Dans la salle, lumières crues, vacarme épouvantable. L'image tremblote sur l'écran, couleurs passées, saturées, bande-son criblée de parasites, copie de copie de copie de copie.

On se hèle du balcon à l'orchestre, sifflements rageurs dès qu'un bout de femme apparaît à l'écran, mais vas-y, nique-la, putain !

Un mec en pyjama et pantoufles est debout, un couffin à la main. Il cherche ses enfants pour les faire rentrer à la maison à coups de sandales.

Dans un coin, une bande mange des oranges autour d'un gros poste à cassettes diffusant du reggae à fond. Ils jettent les épluchures aux gars du balcon.

Boitant sur sa béquille, un marchand de sandwichs passe, merguez, beignets, limonade, à la criée.

De temps en temps, une espèce de videur intervient vigoureusement avec un gourdin, on ne pisse pas dans la salle s'il vous plaît !

Des gars du balcon jettent des pétards aux gars de l'orchestre. Moussa scrute les visages, il essaye d'identifier Derdiche. Une bouteille de limonade passe à deux doigts de sa tête pour atterrir sur l'écran, fou rire général. Son gourdin brandi, le videur refait irruption, menaçant.

Moussa aperçoit enfin Derdiche tout au fond de la salle, il est avec des amis, poulets rôtis, harissa, olives, bouteilles de vin. Grand signe de main, Derdiche l'invite à se joindre à eux.

Tout fier, Derdiche présente Moussa à ses amis, grand chanteur moderne. Moussa fait le modeste, il se demande comment faire vite, attirer Derdiche seul, régler la pompe à eau, quitter cet enfer.

Mais ça s'annonce délicat, état d'ébriété avancé, Derdiche se lève, glisse sur quelque chose et tombe aux pieds de Moussa. Gisant sur son dos comme un cafard, Derdiche agite les bras, secoué de rires. Moussa lui tend la main et l'aide à se relever. Une fois sur ses pieds, Derdiche lui dit que la pompe à eau est chez un ami, Gabès, pas loin d'ici.

Ouf, la pompe à eau est là, c'est l'essentiel.

Flanqués d'un jeune maigrichon, Derdiche et Moussa quittent le Roxy, traversent le boulevard central et se dirigent vers la mosquée Kaboul. Au moins deux cents barbus sont là, assis à même l'asphalte, circulation coupée, Allah est le plus grand.

Haut-parleurs assourdissants, la parole de l'imam

annonce, en tremblant, l'imminence du Jugement dernier. Pleine de venin, la voix redouble d'hystérie, proclame le Djihad sacré, en finir une bonne fois pour toutes avec le Pouvoir impie, les communistes, les laïcs mangeurs de porc, les femmes, les hypocrites, et avec tout ce qui n'est pas *correctement* musulman.

Moussa est pris de nausée, son pouls s'accélère.

En traversant la foule des fidèles, quelqu'un le tire par le bas de sa veste, Moussa se retourne. Nom de nom, mais c'est Yacine, le batteur du groupe Mitidja ! Islamiste lui aussi ?

Yacine, le play-boy de la Madrague, le plus grand descendeur de vin rouge et de crevettes, le meilleur danseur de bop de Tipaza, le seul qui s'est fait Mimi la coiffeuse.

Moussa connaît bien Yacine, qui vit à douze dans deux pièces, qui bosse plus depuis qu'il s'est cassé le bras, qui a trente-huit ans bien sonnés...

En fait Moussa comprend : Yacine a *fatigué*.

En fait, c'est comme ça que tu tombes islamiste, c'est quand tu *fatigues*. De rêver, d'aimer, de vivre. Les meilleurs copains sont tombés comme ça, à force de *fatiguer*, tu peux plus rien voir venir.

Vague échange, ça va, oui et toi, moi ça va, et l'autre qu'est-ce qu'il devient. Ça se finit tout aussi vague, à une de ces lunes.

Moussa rejoint Derdiche et son jeune maigrichon de compère, ils remontent vers le haut Belcourt, essaims de gosses par terre, détritus, odeur de kif, d'urine, chaleur humide. Moussa pense à Rachid, à Garidi...

Après une sinueuse arabesque de ruelles, le petit groupe s'arrête devant une baraque délabrée. Sur le mur, écrit en grosses lettres rouges dégoulinantes : « Vulcanisateur ».

Juste en dessous, avec la même peinture : FIS VAINQUERA.

Le garage est fermé, on voit un mince filet de lumière orange filtrer par les trous du rideau de fer. Derdiche frappe au rideau en appelant Gabès, c'est lui la pompe à eau.

Une longue silhouette malingre s'insinue dans l'embrasure d'une petite porte sur le côté. C'est Gabès, il les fait entrer.

Deux mecs sont déjà là, calés contre des piles de vieux pneus. Par terre, des bouteilles de vin, huit vides et trois pleines.

Moussa essaye de se trouver une place entre le démonte-pneu et un baquet d'eau noire.

Pieds nus, pantalon retroussé, Gabès lui propose un pneu de tracteur :

— Mets-toi là, Gabès, c'est un vrai fauteuil de salon, ça. Assieds-toi, beau gosse.

Gabès appelle tout le monde Gabès, donc tout le monde l'appelle Gabès.

Moussa accepte volontiers le pneu et la gorgée de vin rituelle. Il passe la bouteille à Gabès qui essuie le goulot sur son sweat-shirt en loques *Cambridge University.*

Au mur, vieux posters, Maradona, un calendrier

de 1982 figurant une blonde en maillot de bain, dans une Porsche. Le pubis de la blonde est déchiqueté au tournevis.

Une âcre odeur de gomme de pneu, de colle à chambre à air et de kif, se mélange à celle de l'urine venant du WC bouché et sans porte. Chaleur visqueuse, lumière pâle, ampoule mourante au bout d'un fil électrique dénudé.

Moussa regarde les doigts noirs et craquelés de Gabès rouler un gros joint. Il ne pense qu'à une chose, prendre la pompe à eau et décamper au plus vite.

Mais il sait que ça se fait pas, l'hospitalité, les codes.

Après trois joints, une autre bouteille de vin et une oiseuse conversation, Derdiche annonce le pourquoi de leur visite.

Gabès se lève et s'essuie les mains avec un chiffon noir de graisse :

— Ah oui, au nom de Dieu, la pompe à eau : ça c'est une affaire ! C'est pour toi Gabès ?

Moussa acquiesce du chef, Gabès fouille dans une vieille armoire métallique. Ses deux amis n'ont pas encore prononcé un mot, tout à fait éteints, un gros chauve et un petit sec.

Allongé sur un bout de carton, le petit sec se tourne sur le côté et pisse dans le baquet d'eau noire.

Défoncé, Derdiche est en train de rouler un joint, il cherche vainement les feuilles de papier qui sont sous ses yeux.

Gabès se redresse, ferme l'armoire métallique qui ne ferme pas et brandit fièrement une pompe à eau toute neuve :

— Tu as de la chance, Gabès, c'était la dernière, y en n'aura pas avant six mois. Ah, Dieu est avec toi, Gabès ! Tu dois être né sous la main de la chance, toi !

Gabès pose solennellement la pompe à eau au milieu du groupe, tous les regards se tournent vers elle, luisante, nimbée de lumière. Le jeune maigrichon la prend dans ses bras et la caresse, émerveillé.

Moussa demande tout de suite ce qu'il doit, Gabès prend l'air désolé :

— Ah, notre frère, ils ne craignent plus Dieu ! Ces salauds ont fait monter les prix, faut payer la commission du gars, graisser tout le monde, tu connais, et... moi, je prends rien, ah non, non, tu es l'ami de Gabès, tu es mon frère. Bon, disons... 3 000 dinars, prix de frère.

Moussa est sonné, au moins quinze fois le prix.

Quel prix ?

Il fouille dans ses poches et sort ce qui reste de la paye d'hier soir, 4 000 dinars, il donne 3 000 à Gabès, qui les accepte au nom de Dieu. Puis il sort une bouteille, fêter l'événement. Derdiche veut se charger de la déboucher, il cherche le tire-bouchon.

Gabès se tourne vers Moussa :

— Tu sais, Gabès, si tu as besoin de quoi que ce soit, viens voir ton frère Gabès. Tout ce que tu veux, même... attends, je vais te montrer quelque chose.

Il sort de l'atelier. Entre-temps, Derdiche a enfin ouvert la bouteille avec un tournevis. Après l'avoir largement entamée, il la passe aux copains.

Gabès revient au bout d'un moment, dans ses mains une kalachnikov brillante.

Moussa a très peur soudain, tout le monde regarde l'arme en silence. Les visages du gros chauve et du petit sec sont inexpressifs.

Gabès fait claquer la culasse en visant des cibles imaginaires :

— Ça c'est une bête, mon frère ! Aujourd'hui il faut s'armer, faut liquider les pédés, les salauds, les riches, nettoyer la merde. Bientôt ça va péter et celui qui est pas armé il est niqué. Tout le monde va payer, c'est le Jugement dernier... *Allah Ouakbar !*

La tête contre de vieilles chambres à air couvertes de rustines, Derdiche :

— Et c'est combien pour ça ?

Gabès le prenant pour cible :

— Ça ? Oh, c'est rien, 20 000 balles. Lance-roquettes, grenades, revolvers, je peux te ramener tout ce que tu veux. Les frères veillent, on va niquer le bordel, waaaah !

Gabès se met à hurler en maniant sa kalachnikov. Terrorisé, Moussa est persuadé qu'il va y avoir une descente de flics ou quelque chose comme ça. Sueur molle, se tailler, oui, guetter le moment propice, un blanc, vite fait.

Plus de vin, lueur de folie dans le regard, Gabès propose un zombretto en se frottant les mains. Il sort deux bouteilles, alcool à brûler et sirop de grenadine. Après avoir mélangé les deux dans une bouteille vide, il secoue le tout vigoureusement. Satisfait, il se descend une bonne rasade, en rotant latéral, puis passe la bouteille à Moussa, impossible de refuser.

Première gorgée, un feu vorace ravage sa poitrine, ses yeux, le goût relève de l'épouvante, Moussa se sent étouffer, envie de vomir son âme, Gabès est plié de rire :

— Hein que ça dégage, Gabès ?

La bouteille de zombretto fait le tour, le gros chauve et le petit sec lapent sans expression. Derdiche finit de téter la bouteille, les yeux révulsés.

La conversation commence à bloquer, pâte glauque de grognements, onomatopées, Gabès qui chante en hurlant une berceuse andalouse.

Vers minuit, Moussa intercepte le *bon* blanc et en profite pour s'excuser, doit rentrer, Derdiche veut rester, dormir là. Moussa remercie Gabès et Derdiche, il dit au revoir à tout le monde et quitte le garage.

Une fois dehors, respire à pleins poumons l'air doux de la nuit, fine odeur basilic et grillade. L'indicatif du JT de TF1 sort d'une maison, la parabole.

La kalachnikov est encore dans sa tête.

Le zombretto aussi.

Tous les éléments de la kalachnikov sont dans le zombretto.

Très remué, il descend vers la placette de Belcourt, la pompe à eau sous le bras, prendre un taxi, rentrer à la maison.

En chemin il refait ses comptes, le fric, comme ça file... Sur les 8 000 balles d'hier soir, reste combien ? Mille balles ? Dingue comme ça file ! Mais ça va aller, encore un mariage à la fin du mois. Et puis à partir de juin ça va défiler, au moins trois mariages par semaine, ouais ça va aller. Prévoir un jeu de cordes pour le mandole, ne pas déconner, avant jeudi impératif !

Petit creux, rien bouffé aujourd'hui, complètement détraqué, la vie de nuit. Il débouche sur le boulevard grouillant de monde. Malgré l'heure, les gosses occupent physiquement les trottoirs, à vendre de tout. Il fait très moite, tout colle à la peau.

Sur la droite, Moussa repère une espèce de kiosque-snack. Il commande un sandwich fromage et un jus de citron, enlever le goût du zombretto.

Kiosque décoré kitsch, couleurs pâles, lumière crue, esthétique toute islamiste. Sur le comptoir, un énorme poste diffuse des versets du Coran à fond. Très maigre, barbe fournie, flottant dans son large kamis, le serveur amène sa commande à Moussa, qui paye aussitôt.

Calé près de la caisse, les yeux de Moussa se posent sur une photo de journal collée au mur : Abassi Madani et Ali Benhadj, les leaders du FIS, avec une légende au feutre vert : *Inchallah...*

Ça lui coupe l'appétit, sait plus où regarder pour manger tranquille, le fromage est douteux, le jus c'est pire, arrière-goût acide.

Soudain, il voit une mouche s'ébattre dans son

verre. Terrible envie de rendre, il s'arrête de mastiquer net et hèle le serveur en lui montrant la mouche. Sans se départir, celui-ci prend une cuillère et enlève la mouche, voilà c'est rien. Moussa rouspète, l'autre propose de lui remplacer sa boisson.

Moussa arrête de lutter et quitte le kiosque, la pompe à eau dans les bras. Écœuré, il ouvre son sandwich, jette le fromage et mange le pain sans conviction, tromper la faim.

Des gosses se ruent sur le fromage par terre. Moussa se poste sur le bas-côté, taxi, rentrer chez lui.

Fatiha, ses grands yeux verts, le velours de son sourire... Moussa se sent propre tout d'un coup, juste de penser à elle, ça lave de la merde ambiante, dire que ça fait cinq ans...

Amour chaste, promis, Moussa chevalier de ce côté, pas avant le mariage, aucun problème. Mais pour se marier faut un logement, et pour avoir un logement...

Vision bouchée, équation : quatorze dans trois pièces, les hurlements de papa, les mioches, l'image l'empêche de respirer.

Soudain... non, c'est pas lui ?

Caché derrière un lampadaire, Moussa repère un homme, bedonnante cinquantaine, kamis, claquettes, qui traverse la rue. Mais c'est Saïd, l'ancien mari de Z'hor, le salaud qui l'a répudiée !

Moussa se souvient du mariage de sa grande sœur, il avait mis le paquet. Fric, musique, il avait tout assuré, il adore Z'hor, tout le monde adore Z'hor. Djelloul avait préparé la voiture pour le cortège, une Mercedes qu'il réparait, c'est lui qui a payé les fleurs. De sa poche, il a tellement insisté, brave gars Djelloul.

Ensuite ce salaud de Saïd lui a fait deux gosses coup sur coup, Maya et Fella. Il a obligé Z'hor à mettre le hidjab, il la battait. Elle s'est sauvée une dizaine de fois, jusqu'au jour où il l'a répudiée, comme ça, pefffff, la justice de l'Islam. C'est là que Z'hor est revenue à la maison avec ses deux gamines. Plus revu depuis.

Envie de lui casser la gueule... Moussa le regarde disparaître au coin d'une rue.

Une 204 jaune et verte s'arrête, taxi, Moussa rengaine sa rage et s'y engouffre.

Blouson de cuir, jeune, le chauffeur démarre en mettant une cassette, miracle : c'est du Stevie Wonder. Moussa croit rêver, il se détend et propose une Marlboro. Ça existe encore ? Des jeunes comme ça en Algérie ? Racé, fin, moderne, un Italien quoi...

En remontant vers le quartier du Hamma, ils engagent la conversation, le chauffeur de taxi est chanteur aussi :

— Oui, on est en train de monter un groupe, jazz, blues, variétés occidentales, pour l'été, dégoter un contrat, peut-être un truc sur la côte, les hôtels...

Moussa, ragaillardi :

— Je peux t'aider, je connais le directeur de l'hôtel Minzah, c'est un gars de mon bled.

Le chauffeur lui donne ses coordonnées, il s'appelle Réda :

— Ça serait sympa. Mais je me demande... le FIS, tout ça...

Moussa s'allume :

— Quoi, le FIS ? Ils font du tapage, c'est tout, ils vont jamais prendre le pouvoir. Gérer le pays ? Ils sont à peine capables de gérer un potager, non mais ! Et tu crois qu'ils vont les laisser faire ? L'armée, tout ça... Non, ils bougent du vent, c'est tout.

Sceptique, Réda :

— Oui, mais ils sont armés, l'attaque de l'Amirauté et du tribunal de Blida... et toutes les manifestations, ils étaient au moins un million, la dernière fois...

Moussa éclate de rire :

— Quoi, un million ? Pourquoi pas un milliard ? Ça va pas ? Cent mille, deux cent mille, pas plus. La manif des démocrates, oui, j'y étais, là on était plus d'un million. L'Algérie libre, les femmes, les cadres, les intellectuels, les artistes, tu y étais pas ?

Réda passe la quatrième :

— Euh non...

Encouragé Moussa :

— Tu vois ? Faut y aller, se montrer. Je te dis, on va les bousiller. Le FIS c'est pas la majorité. Qu'est-ce que tu fais des gens bien, les cadres, les travailleurs, hein ? C'est ça les vrais Algériens, c'est pas cette racaille...

Retournant la cassette, Réda :

— Bah, peut-être que tu as raison. Et toi, tu fais quoi dans la vie ?

Moussa ne sait pas comment se présenter exactement :

— Euh, moi aussi je suis chanteur... kabyle. Mais pas comme les autres, non. Moi, c'est pas du traditionnel, mon style c'est plutôt... Prince, Michael Jackson, tu vois ?

— Ah oui, je voudrais bien entendre, et... tu as déjà enregistré des trucs ?

— Non, pas encore, je prends mon temps, je veux pas faire n'importe quoi. Oh, j'ai des propositions, mais j'attends, je veux faire ça bien.

Doublant un camion, Réda :

— Tu as raison.

Poubelles, terrain vague, cité Mer et Soleil, le taxi dépose Moussa près d'une grappe de barbus.

La pompe à eau dans sa main, sa hanche contre l'aile de la voiture, Moussa discute encore un fond de bout de gras avec Réda, puis ils se séparent.

Comme ça fait du bien de croiser des gens comme ça, clean. À croire que ça n'existe plus dans ce putain de pays.

Prévoir vite un jeu de cordes pour le mandole.

Et... oui, le rendez-vous avec le journaliste, là... un petit article, ah ça serait super bienvenu.

Moussa évite une flaque, capte la grappe près de la poubelle de sa cage et baisse les yeux en s'y dirigeant.

Arrivé à leur hauteur, il leur concède un bref *Salam Alikoum*, qu'on lui rend complet, avec toute la tirade à la mémoire du Prophète : prières et salut sur lui ainsi que sur les plus augustes de ses compagnons.

Moussa fonce vers l'escalier, il doit être 1 heure du matin. Une voix velue l'appelle, c'est Baïza, l'ex-truand des arrêts de bus, l'éventreur.

Oui, c'est bien lui, il se détache de la grappe et vient vers Moussa. Visage buriné des mille et une griffes de la vie, jadis brillant footballeur. Moussa se souvient de matchs de quartier, quand Baïza avait le ballon, impossible de lui enlever, un magicien, l'avenir semblait d'or pour lui.

Mais la vie...

Jeté de l'école très tôt, Baïza a viré mauvais. D'abord l'alcool solide, ensuite tout : kif, amphétamines, chaos technique. Trois fois repris de justice pour agressions à l'arme blanche, deux fois six mois de taule.

Véritable vipère, déguisé depuis peu sous les traits de l'Islam, Moussa le sait, il serre la pompe à eau contre sa poitrine.

Baïza adopte le ton mielleux et caressant d'Abassi Madani :

— Paix sur vous, notre frère. Comment vas-tu ? Tes parents, ton pauvre frère Sahnoun, il va mieux ?

Moussa essaye de trouver la *bonne* longueur d'onde :

— Oui, grâce à Dieu. Il mange, il dort, il n'est pas agressif, ça va.

Caressant ses mains, Baïza :

— Grâce à Dieu, grâce à Dieu. Votre famille est de bonne notoriété, vos gestes sont toujours dans le sens de Dieu...

Moussa philosophe :

— On fait avec le monde, Baïza. « On tombe, on se relève », c'est la vie.

— Oui, « Dieu tout-puissant fait et défait les nœuds », c'est Sa volonté. On est tous dans Sa main. Dis-moi, il y a longtemps que je voulais m'entretenir avec toi de... mes soucis. Oh, que du miel, rassure-toi, que du miel. Viens, marchons un peu.

Perplexe, Moussa le suit. Baïza l'entraîne par le bras derrière les poubelles, à l'abri des oreilles de la grappe :

— Tu sais, il y a longtemps que je me fais du souci à ton égard. Je me dis : Moussa, c'est notre frère, il a beaucoup de qualités, loyal, sincère, généreux, ça tout le monde en convient. En plus, instruit, intelligent...

— Grâce à Dieu...

— Oui grâce à Dieu. Ça c'est la vérité qui doit se dire. Seulement... il ne te manque qu'une chose...

Moussa le voit venir, connaît par cœur ce genre de sermon à langue fleurie :

— Quoi ?

— Oh, pas grand-chose. Tu sais, tu nous manques beaucoup à la mosquée. On parle souvent de toi entre nous. Et bien, tu sais ce qu'on s'est dit ? On s'est dit que, finalement, il ne te manque que la prière pour être parfait.

Moussa essaye un coup :

— Mais je prie dans mon cœur, je fais le ramadan et « je témoigne qu'il n'est d'autre Dieu qu'Allah et que Mohamed est son prophète ».

Baïza le tacle :

— « ... prières et paix sur son âme ». Ça c'est bien, personne n'en doute, Moussa. Seulement... la voie de la mosquée va illuminer ta vie, Dieu va te protéger contre Satan, et tu verras comment les anges te parleront...

Prunelles de fouine plissées, Moussa est persuadé qu'il est pété, typique regard gavé de Valium et de Mandrax.

— Tu as raison, Baïza. Mais je le sens pas encore, j'y pense, ça va sûrement venir. Je suis encore dans les Ténèbres, je crois que je me sens pas assez pur pour...

— Dis-moi, ton métier, là... chanteur, c'est pas digne d'un vrai musulman, c'est pour les âmes perdues, ça.

Le cadrant bien, Moussa :

— Mais il faut vivre, Baïza, tu sais à la maison il y a quatorze ventres à nourrir.

— C'est la volonté de Dieu. Je sais tout ça, je connais ta famille, on a grandi ensemble. Mais... combien tu gagnes, dans ton... métier ?

Combien gagne Moussa ?

— Ça dépend, c'est pas régulier.

Baïza, droit au but :

— Écoute, on a pris une décision à la mosquée, on va te trouver un travail plus propre, où tu gagneras ta vie dans la pureté de l'âme. À condition que tu viennes nous rejoindre dans notre Djihad contre les Ténèbres. Qu'est-ce que tu en penses ?

Moussa fait l'idiot absolu :

— Ah, aucun problème ! Tu sais, le chômage, tout ça... je demande pas mieux. Que demande l'aveugle ?

— On va te trouver un travail sain, enseignant par exemple. On a beaucoup de relations, grâce à Dieu. Ah, il faut aussi que tu parles à tes sœurs. Par la volonté de Dieu, ce sont de vraies femmes, aujourd'hui. Tu dois leur parler, avec la langue du miel, bien sûr. Dis-leur de couvrir leur nudité, elles doivent mettre le hidjab, Dieu les aidera ainsi à lutter contre Satan. Maintenant je vais te laisser dormir, je sais qu'on peut compter sur toi. À bientôt, *Inchallah*.

— *Inchallah.*

Ils se quittent, Moussa fait passer la pompe à eau dans sa main droite, la gauche est toute moite. Baïza rejoint la grappe près des poubelles, Moussa se dirige vers sa cage.

Rien à faire, l'idéal c'est de rentrer vers 5 ou 6 heures du matin, comme ça tu es sûr de voir personne. Une heure du matin c'est encore trop tôt, connais bien leur vie à tous, à quinze ou vingt dans deux pièces, parfois dans une seule. Comme Spartacus, ils sont à dix dans une pièce de vingt mètres carrés. Lui, il dort dans le couloir, à tour de rôle avec ses frères, obligé, le pauvre.

Le cœur hérissé, Moussa gravit les escaliers des cinq étages en évitant un gros rat au passage. Il ouvre doucement la porte, le front en nage, enlève ses mocassins et se dirige à l'indienne vers sa chambre. Eurythmie de ronflements, quatorze âmes dans les ténébreux filets du sommeil.

Dans le salon dorment la mémé, Saliha, Ouardia, Kahina, Z'hor et la petite Fella.

Dans l'autre pièce, papa, maman et Nacéra.

Immense envie de monter sur la terrasse de l'immeuble et de gueuler à l'univers son dégoût, sa rancœur, un brasero de larmes s'empare de ses yeux.

Il se ressaisit.

La musique, oui, seule la musique.

Bosser, bosser, bosser. Devenir le meilleur d'Algérie, le meilleur du monde, briller dans le grand ciel des vrais, de la valeur, du diamant, Moussa MASSY en grand comme ça, écrit au laser comme dans les concerts de Prince, toujours avec Fatiha, les coulisses du cœur.

Vert et tendre, le souvenir des yeux de Fatiha apaise sa peine, c'est le printemps soudain. Brillantes perles d'espoir, comme un poème safran, coulant parfait d'amour le long de sa peau, dans ses veines, rivières d'or, oui, Fatiha, pour elle, tout pour elle.

Sur la pointe des pieds, il se guide dans le noir, réveiller personne. Dans le couloir, six souliers, il pose les siens et entre dans la chambre. Ils sont tous là, Sahnoun, Mohand et Slimane, ils dorment tous. Chacun sur son matelas par terre, chacun contre son mur, et la petite Maya qui fait le tour, chaque nuit avec un frère, aujourd'hui elle dort avec Mohand.

Moussa pose la pompe à eau dans un coin, se déshabille et se jette sur son matelas.

Sommeil introuvable, trop c'est trop, il laisse couler ses larmes dans le noir. Le poing dur, il pleure sur les loques de sa vie, trente-six ans, même pas vraiment démarré, même pas marié. Le sommeil commence doucement à panser sa douleur, des visages dansent devant ses yeux, souriants, parfumés, Rachid, Farid, Sam, Réda, Fatiha.

Juste avant de partir, sur le mur de sa conscience il grave clairement : debout.

3

Lundi, 14 heures, Ryadh El Feth, salon de thé El Arika, au Bois des Arcades, espace culte de l'Alger branché. Chaleur exacte, soleil royal, ciel luisant et bleu, comme un jean délavé.

Moussa est à la terrasse, lunettes noires, briquet Dupont, Marlboro sur la table. Il pose un peu en attendant Fatiha, il aime ça poser : jean 501, Lacoste noir, tennis blanches, petite gourmette en argent.

Des papillons dansent sur les bosquets de chèvrefeuille, le fond de l'air rutile, c'est bien vert, on voit un bout de la baie d'ici.

Bonne journée, en principe. Rendez-vous avec Fatiha, puis avec le journaliste à 18 heures, on sait jamais, peut-être un article.

Son regard traverse les arbres, la baie, au loin, cap Matifou, La Pérouse, souvenirs, service militaire.

Les tables sont toutes prises, filles et garçons *tchitchi*, jeunesse bourge d'Alger. On se hèle à voix haute en français, c'est rare aujourd'hui, à Alger :

— Arrête, tu me prends la tête !

— Eh, vise la meuf dans la caisse, wouaaaa...

Adolescence dorée, insouciance de classe, papa maman veillent à tout, lycée français d'Alger, vacances à Lausanne, Los Angeles, Disneyland chez tonton Kader. Assises devant d'énormes glaces, chantilly, framboise, melba, les filles sont magnifiques, cheveux libres, jeans et tee-shirts direct de *là-bas*, joues de satin, déjà bronzées, cabanon au club des Pins avec Raouf et tata Nelly, balades en Zodiac et sardines grillées dans l'écrin orange du crépuscule.

Le parking affiche complet, Mercedes, BMW, Golf décapotables. Tout le monde se connaît, cercle d'or, enfants de ministres, de généraux, microcosme puissant et précieux.

L'air activement désabusé, Moussa fume sa clope derrière ses lunettes noires, en lisant le journal.

Il comprend ce monde, pas de problème, mais eux... comprendre le sien ? Peut-être Rachid, et encore. C'est vrai que Rachid est différent, il a du vécu.

Il se recommande un autre café, les baffles diffusent *Your Song* d'Elton John, en instrumental.

Moussa reluque les nénettes, renifle les parfums, et replonge dans son journal. Page sports : « Huitièmes de finale de la coupe d'Algérie, NAHD/CRB, le Derby », ayayayaïe, ça va barder mon frère !

Une silhouette se pointe à la terrasse, longs cheveux noirs, yeux verts en amande, robe à pois, c'est

Fatiha. Le cœur de Moussa chante, signe de main, elle vient vers lui, l'embrasse pudeur et s'assied.

Toujours la même sensation, ces yeux briller, comme la première fois, chandeliers d'amour, ça fait déjà cinq ans...

Amis d'enfance, cité Mer et Soleil, Fatiha, tous les matins à chercher le pain chez Bouhar, vers treize ans, avec son frère Mustapha, deux gros pains, cinq baguettes et une fougasse, grand couffin jaune. Ou alors, descendre de l'immeuble, petites nattes, short rouge, acheter des sardines, marchand de poissons ambulant, tous les jeudis.

Je la regardais tranquille, aucune idée à l'époque, sœurette de cité, voilà, bribes de tendresse. En fait, c'est juste après l'armée, à la quille, que tout s'est pfff allumé, oui, quand je l'ai revue après de longs mois. Printemps pourpre, c'était vers février-mars, un lundi après-midi, elle sortait du lycée avec mes frangines, je l'avais pas reconnue, une vraie femme : seins offensifs, mollets luisants, joues carmin, oui, c'est là que je l'ai vraiment regardée. Moi, j'étais en tenue de sortie, marine nationale, chemisette blanche, pantalon bleu nuit, souliers noirs bien cirés, casquette à visière avec tresse et galons dorés : sergent Boudjiri, à vos ordres, mon commandant ! Quand elle s'est retournée, égrenant son rire dans le soleil, quand elle m'a décoché ce regard vert en plein cœur, c'est là, j'ai complètement allumé, c'est depuis, Fatiha.

La musique passe au raï, le dernier Cheb Hasni,

El Beida mon Amor, clinquantes boîtes à rythmes, bonne voix, Moussa :

— Alors, la belle, ça s'est bien passé ?

Rougissant, Fatiha :

— Oui, il y avait toute la famille. Mon oncle est descendu de France exprès pour l'enterrement.

Elle regarde de temps en temps à droite à gauche, on sait jamais, un frangin, un cousin, une langue trop longue.

Hélant le garçon, Moussa :

— Je me souviens bien de ton grand-père, j'avais discuté une fois avec lui à Tizi Ouzou... très cultivé, il parlait un français impeccable, il me récitait par cœur Victor Hugo. Eh ouais, les gens d'avant...

— C'était un des premiers instituteurs algériens, en 1920, tu te rends compte ?

Gilet et pantalon arabes, valeurs nationales, le garçon arrive. Chique au coin de la lèvre supérieure, il prend la commande, glace à la pistache pour lui, à la fraise pour elle.

Bermudas, larges tricots rayés, lunettes de soleil, une bande de garçons et de filles cherchent une table.

*

Dire que c'est grâce à Nacéra, c'est elle qui m'avait dit une fois : tu sais, je vous verrais bien ensemble, je venais d'avoir trente ans, l'âge où il fait pas très bon d'être seul.

Foutu dehors du lycée El Idrissi en seconde, petit

job à la poste du Télemly, agent administratif. Et alors... non là, ça pouvait plus être possible, vite vu, j'en ai eu marre au bout de six mois, démission et tout le tintouin. C'est ça que papa ne m'a jamais pardonné. Après, je me suis dit bonhomme, allez tranquille, fais ton service militaire, va. Deux ans de conserves c'est toujours ça de gagné !

Fatiha est arrivée pile.

En fait, c'est au mariage de Z'hor, que ça m'a percuté pour de vrai, comme quoi la vie, des fois... tu crois que... et puis v'lan, tu te reçois un truc. Fatiha était invitée, j'ai chanté toute la soirée, elle est venue me voir à la fin, dans le jardin, les yeux tatoués d'amour, la lune au-dessus de nous, l'or sur ses cheveux, son visage. C'est là que je me suis dit : c'est ça que je veux, pour moi c'est ça, l'amour.

Jeune fille de famille, Fatiha a tout de suite posé les limites : rien avant le mariage, OK, normal, j'ai accepté, tout pour elle, oui, normal, tout. Quand même deux ou trois flirts un peu poussés, vérifier la marchandise, le reste c'est que du fantasme, du délire.

Mais c'est bon, le délire...

Pour baiser, pas de problèmes, il y a les filles de nuit, les rencontres de peau, cages d'escaliers, buanderies, caves, terrasses. Mais c'est pas pareil, non, rien à voir, Fatiha c'est Fatiha, un point c'est tout.

*

Un garçon embrasse sa nana à pleine bouche, ça alors, putain : gonflé le mec ! Moussa voit les joues de Fatiha rosir.

Le garçon ramène les glaces, rafraîchir, Moussa :

— Pistache fraise, ça fait vert et rouge, le drapeau de l'Algérie.

— Mais elle est pas vraiment verte, ta pistache, là...

— C'est vrai, elle est presque bleue, ça fait bleu, blanc, rouge, la France, Victor Hugo, de Gaulle. Pourquoi pas, on est pile/secteur, nous les Algériens.

— Mmm, elle est délicieuse !

Moussa attaque au cordeau :

— Tu sais, tu m'as manqué, Fatiha, j'ai pas arrêté de penser à toi.

Jeune fille bien, Fatiha se réfugie dans sa glace :

— Ah oui ?

Moussa, changeant de ton :

— Oui, et puis tu sais, j'en ai marre, je veux me marier avec toi. Faut que je parle à tes parents.

— Mais tu as pas de logement, Méziane...

Il n'y a *que* la famille et Fatiha qui l'appellent Méziane.

— Ça va venir, je vais en avoir un de logement. Attends que je sois un peu connu, tu as pas confiance en moi ?

Fatiha lui sourit des yeux :

— C'est pas ça, Méziane. Mes parents, tu les connais, ils sont très stricts là-dessus. Quand ils me parlent de mariage, c'est toujours les mêmes mots qui reviennent : situation, logement, compte en banque, voiture...

— Et alors ? Je suis pas un voyou ! Je gagne plus qu'un banquier ou un ingénieur. Et encore j'ai pas vraiment démarré... D'ailleurs je dois voir un journaliste tout à l'heure.

Effarouchée, la belle :

— Mais tu as trente-six ans, tu te rends compte ? Et...

— Et alors ? Quoi, trente-six ans ? Il n'y a pas d'âge pour... je vais parler à tes parents, qu'est-ce que tu en penses ?

Déboussolée, d'amour :

— Je... comme tu veux, qu'est-ce que tu veux que je te dise ? C'est toi qui sais.

Deux heures plus tard, ils quittent le salon de thé et se baladent dans le bois des Arcades, unique espace de liberté pour les amoureux d'Alger, tendresse trabendo.

Ryadh El Feth, réplique tiers mondiste du Forum des Halles de Paris. Massive structure de béton sur trois niveaux, boutiques chics, salles de cinéma, galeries d'art, restaurants haut de gamme, salles d'aérobic, de danse, le centre des Arts, le bois des Arcades. Tout ça autour de l'imposant monument aux morts, trois gigantesques feuilles de béton entrelacées ouvrant vers le ciel. Symbole des trois révolutions : industrielle, agraire, culturelle.

Esthétique uniforme des démocraties populaires, fascisme littéral, entre képi et turban.

La main dans la main, ils descendent vers l'arrêt

de bus. La main dans la main n'existe qu'au bois des Arcades, ailleurs c'est interdit, les ragots, les islamistes.

Moussa attend le bus avec elle, il la voit s'accrocher à la cohue et disparaître dans le bus qui démarre aussitôt.

C'est comme ça, ils se voient deux fois par semaine, gentil. Le reste du temps, c'est des heures au téléphone avec des codes. Quand il y a de la famille autour d'elle : *il va faire beau demain* veut dire *je t'aime*. Les prénoms changent de sexe aussi : Fatiha fait semblant de parler à Habiba, une copine. Si c'est lui, Fatiha devient Habib, comme ça depuis cinq ans.

Moussa n'ose pas trop rester seul à Ryadh El Feth, trop de luxe, trop grandiose pour lui, pas son monde, non pas du tout.

Là, il doit aller à Léveilley, rendez-vous avec le journaliste, à 18 heures, eh oui, peut-être que...

*

Station de taxis, Moussa ne prend que le taxi, le bus jamais, trop de monde, les nerfs, alors il préfère. Remarque il a les moyens.

Une 404 bâchée klaxonne, il se retourne, c'est Djelloul.

Moussa grimpe, Djelloul vient de changer le carburateur, il essayait la bagnole. Grosses blagues et chansons rythmées à coups de poing sur les portières pendant le trajet. Il dépose Moussa à Léveilley, proche banlieue de misère et d'Islam.

Moussa se dirige vers la taverne de Dezdaza, bar spontané, sans enseigne, sans fenêtres. Ciment et parpaings, quelques tables, pas de chaises, on s'assoit sur des cageots de bière. Bondé de monde. Moussa cherche le journaliste en clignant des yeux, tout le monde parle très fort, fumée, les gens sont corps à corps. Finalement Moussa le déniche dans un coin avec deux mecs.

Kamel Hamidi, responsable de la rubrique culturelle d'*Algérie Actualité*, l'hebdomadaire des cadres, le *Nouvel Obs* du Maghreb. Leur table croule sous les bouteilles de bière vides.

Kamel fait signe à Moussa, présentations, Krimo, Fouad, journalistes aussi au *Nouvel Hebdo*, tout le monde a l'air déjà bien écumé.

Moussa pose une demi-fesse sur le cageot de Kamel, on veut lui commander à boire, le serveur est débordé, voit plus rien.

Moustache et torse de turc, Dezdaza, c'est le patron, rien ne lui échappe. Entouré de clients, il dirige le serveur vers leur table. Celui-ci pose avec fracas un cageot de bières devant Moussa. De toute façon, il n'y a que de la bière. Et par cageot, ça n'existe pas une bière toute seule.

Chacun sur son cageot, les trois journalistes reprennent leur discussion, les arcanes de la politique, le FIS, les démocrates, les berbéristes.

Fouad, lunettes trotskistes, moustache fournie :

— Ça vient de l'extrême droite du FLN, le FIS. Pour faire chier l'aile gauche, les progressistes.

Court, rondouillet, Kamel les calme :

— Attends, attends, je vais t'expliquer, moi, le bizness. C'est la réaction internationale, la CIA, le FMI, tout ça. C'est eux, dans les années 70, oui, ils ont fait naître des foyers d'intégrisme par-ci par-là, dans le tiers monde. Pourquoi ? Eh bien je vais vous le dire, moi, pourquoi : pour enculer le communisme, la gauche, quoi. Un point c'est tout. C'est dialectique, ils pilotent les Saoudiens, pourquoi ? Parce que c'est que du bénéf ! Eh oui, ces cons de Saoudiens financent les intégristes par le biais de la CIA, et puis y a le pétrole... tu as lu le bouquin de James Berg, là, *Le Turban et le Puits* ?

Après quatre ou cinq bâtons d'allumettes, Krimo réussit à s'allumer une Tarik :

— Oui, mais c'est un juif...

Fouad intervient, calant ses lunettes :

— Eh là, faut pas déconner ! Marx c'était un juif, je te ferais remarquer, Einstein, Freud, Newton aussi, la liste est longue. Si tu regardes juif, tu penses plus alors ? Moi je dis que si le FIS gagne les élections, l'armée va forcément prendre le pouvoir, non ?

Kamel lui lance :

— Automatique mon cher 'lastique !

Fouad, recalant ses lunettes :

— Et donc, il va falloir se déterminer par rapport à cette donnée : État intégriste et/ou État militaire.

Moussa sirote sa bière, pige pas grand-chose, mais trouve ça passionnant. Fouad achète des cacahuètes à un gosse en haillons.

Krimo veut disséquer :

— Mais... les constantes de la nation, le drapeau, l'hymne national, la Constitution, les islamistes, ils chient dessus. Pour eux c'est impie, ils ont bafoué les symboles de la république, profané les tombes des martyrs de la révolution...

Fouad s'ouvre une bière calée entre les genoux :

— C'est le signe de leur internationale. Pour eux la notion de république n'existe pas, ils n'ont jamais revendiqué de *république* islamique, ils parlent d'*État* islamique, c'est différent. Dans leur démarche, seule la Oumma existe, la grande matrice des musulmans, c'est-à-dire une donnée subjective, fondée sur un sentiment : la foi. Tout le reste est illicite, faut lire El Mawdoudi.

Kamel, l'œil cynique, lissant sa grosse moustache :

— Ce con ? Mais c'est de la merde ! Ça résiste pas à l'analyse, ça tient pas la route une seconde...

Krimo, au goulot :

— Oui, mais El Mawdoudi c'est leur... bible, en ce moment. Toute leur idéologie vient de là : échec du communisme et du capitalisme, donc optons pour l'islamisme.

Kamel explose :

— J'aime pas les carottes, j'aime pas le tennis, donc je prends le train. Quelque chose qui déconne dans le syllogisme, non ?

Fouad, rotant :

— Ouais, d'où la destruction systématique des symboles, biens et matériels représentant tout autre pouvoir que théocratique... islamique, en l'occurrence.

Kamel dégoupille une bouteille avec son briquet :

— Revenir aux tapis, aux oasis et aux chameaux, c'est ça ?

Fouad, après une rasade :

— Oui, si tu veux. Je sais que ça sonne naïf, mais ça fonctionne, ils ont rien dans la tête. C'est la facture net d'impôts, trente ans de merdoyage de l'Éducation nationale, un désastre. L'Algérie, c'est une immense poubelle sur un baril de poudre, voilà l'affiche du film, aujourd'hui.

Moussa frétille, il adore entendre comme ça, des gens d'un haut niveau disséquer les choses. Lui aussi, il sent qu'il a des choses à mettre dans le couffin du pays, il s'ouvre une bouteille.

Deux tendances se précisent dans la discussion. La première, soutenue par Krimo, dit : puisque Chadli a légalisé le FIS, ça va être la roulette belge. Après les émeutes de 88 et la répression, le petit peuple se sent humilié, ils vont tous voter FIS. Tu n'humilies pas comme ça un Algérien longtemps, il t'explose le cul de ton âme, rebelle et féroce. Il faudra nécessairement cohabiter : casquettes et barbes.

Tout ça bien sûr, émaillé de Marx, Guevara, Frantz Fanon, Gramsci...

La seconde tendance arrive en vociférant : Kamel et Fouad lui font remarquer que dans les statuts mêmes du FIS, c'est écrit noir sur blanc que la démocratie est impie, et qu'une fois au pouvoir, finito les partis, la bière, les roses. Ils mettront les femmes sous voile, la purification éthique totale. Pas de démocratie pour les ennemis de la démocratie, l'intégrisme ne passera pas !

Les phrases cinglent aux oreilles de Moussa, dans son coin, sage, qui ne rate rien de la discussion, qui se sent plutôt du côté de la deuxième tendance.

— L'intégrisme, ça va pas ?

Krimo corrige :

— Pas d'amalgame, j'essaye juste d'analyser, je suis pas pour l'intégrisme, voyons ! Mais faut reconnaître que c'est un beau paradoxe... tu les légalises, et après ? S'ils gagnent les élections, qu'est-ce tu en fais ? Tu les annules ? Tu joues le jeu ?

De très mauvaise foi, Kamel :

— Il n'y a pas de place pour la raison dans ce débat, c'est là où tu te plantes. La démocratie même est en danger, le pays peut partir en couilles, découpé en lambeaux. Faut pas trop raisonner, faut agir vite, les écraser, comme des punaises.

Moussa est d'accord en silence, oui, comme des punaises, il commande un autre cageot.

La bière aidant, les esprits chauffent, la discussion rejoint des zones vaseuses, j'ai niqué la secrétaire de rédaction dans les toilettes, un tel s'est fait sucer par la présidente d'une association féminine dans une voiture. Moussa ne comprend plus très bien, il voit qu'ils en sont à quinze, vingt bières chacun, il pense à son article, l'interview, il a ramené une belle photo de lui, prise et travaillée par Rachid.

Algérie Actualité, le plus grand hebdo d'Algérie, un article là-dedans ça te fait tout de suite décoller *presto*. Dire qu'il y a tellement de têtes de cons qui ont eu droit à des interviews, avec photos et tout...

Vers 20 heures, Fouad et Krimo se lèvent, doivent partir, on se serre la pince, enchanté, à bientôt, Moussa se retrouve seul avec Kamel.

Très éméché, celui-ci essaye de prendre son paquet de cigarettes mais le fait tomber par terre. Moussa le lui ramasse, pas de problème.

La langue lourde, Kamel :

— Merci. Euh... à nous deux... excuse... c'est des amis...

— Oh, c'est rien, je comprends.

— Bon, alors, tu es chanteur moderne kabyle ? J'ai beaucoup aimé là, au mariage l'autre soir, ton tour de chant, oui. Chapeau, l'énergie, hein ? C'est un peu comme Takfarinas.

Moussa déteste qu'on le compare à Takfarinas. D'accord il reconnaît que c'est un grand, d'accord c'est une star, mais lui, c'est pas pareil. C'est autre chose, Prince, Michael Jackson, va toi leur expliquer...

— Oui, en gros.

Kamel cherche vaguement son stylo. Moussa lui propose le sien. Kamel, bourré, le fait tomber :

— Oh, excuse-moi, je...

Moussa le ramasse et le lui tend. Laborieusement, Kamel cherche du papier, il tire de son portefeuille une feuille pliée en quatre et écornée. Vieille convocation à la mairie, l'autre face est blanche, ça ira. Il cale la feuille devant ses yeux suant d'alcool :

— Là c'est bon. Tout est dans la tête, t'en fais pas, je travaille toujours comme ça.

L'interview démarre tant bien que mal. Moussa raconte ses débuts dans les locaux de la Jeunesse FLN en 77, cercles culturels maqués avec le comme de bien entendu FLN, avec pour sigle deux épis de blé, un tracteur, un compas, un boulon.

Puis les mariages, les réceptions, il raconte son petit début de carrière, ses influences, le grand Akli Yahiaten, Idir, Enrico Macias, El Anka. Il sent Rachid lui souffler exactement tout ce qu'il faut dire, look, promo, image. Il glisse exprès Jimi Hendrix, les Beatles, explique un peu pourquoi son nom. Moussa Massy, son concept.

Pendant ce temps, Kamel note, rature, griffonne sur le côté, ça a l'air indéchiffrable, graphie de médecin.

Moussa chope le serveur et remet un cageot, lui bouffer le cervelet à ce Kamel Hamidi de merde. Il ouvre son sac, Moussa, déploie large son ambition, ça lui fait bien six-sept bières, sa langue court toute seule.

Tout y passe : le nationalisme, la crise, les jeunes

qui sont foutus, l'islamisme, les antennes paraboliques, tout ce que lui dit chaque fois Rachid, créer une nouvelle musique entre l'Algérie et la planète, qui fasse Un avec Tout.

Superbe phrase de Rachid : « l'universel, c'est le local sans les murs », de Platon, je crois.

Faux mouvement, Kamel renverse sa bière sur la feuille, Moussa se précipite, essuyer, l'interview putain !

Kamel, genre contrôle la situation :

— C'est rien, t'en fais pas, je peux tout déchiffrer, allez vas-y, continue.

L'interview se poursuit jusqu'à 23 heures, Kamel plie la feuille en quatre et la glisse dans la poche de son jean. Il met le stylo de Moussa dans la poche de sa chemisette en lui disant que ça passerait dans le numéro de la fin du mois, c'est-à-dire dans deux semaines.

Une fois seul, Moussa danse de joie dans la rue : une interview dans *Algérie Actualité*.

Mais putain, c'est la gloire ! En plus ça va tomber juste avec la sortie des posters de Rachid.

Ça y est, c'est parti.

Je le savais dès le début, en 77, juste après l'armée, dans le local Jeunesse FLN de Champ de Manœuvres. Y avait le petit jeune, là, gueule d'Américain, cheveux longs et raides comme de la soie, jouait très bien de la guitare, chantait les Beatles à merveille, m'avait accompagné à la gui tare dans *Hula Hoop* d'El Hasnaoui.

Eh bien qu'est-ce qu'il m'avait dit, ce petit

jeune ? Il m'avait dit : toi, Moussa, tu iras loin, tu es une vraie star. Qu'est-ce qu'il doit devenir celui-là ? Plus jamais revu, a dû foutre le camp, ça fait plus de dix ans. Comme ça file...

*

La semaine de la sortie de l'article, Moussa l'a attendue comme un fou, il a téléphoné à tous les potes, la famille.

Algérie Actualité sort le jeudi matin, pour le week-end. La veille, Moussa l'a passée chez Rachid, à fumer, boire et fantasmer. Rachid lui a dit qu'il ferait un dossier de presse, deux articles, c'est déjà pas mal, travailler le look, la présentation.

Puis Moussa a glandé dehors, clope sur clope, à pêcher le jour, 6 heures du matin, l'ouverture des kiosques à journaux.

Il s'est pointé devant celui de la cité, la gorge serrée de fierté contenue. Putain, toute la cité va voir ma gueule...

Un journal ça va loin, plus de cent mille exemplaires, ça couvre tout le pays. Tu rajoutes les ambassades, les consulats à l'étranger... Tu deviens cent mille fois toi.

Le vieux Salem a ouvert son kiosque, petit café noir, cigarette au bec, toujours des brunes sans filtre. Moussa se compose un visage neutre et s'approche du kiosque, le vieux Salem est plongé dans un journal.

Dès qu'il le voit, ses traits s'illuminent :

— Eh, dis-moi, c'est toi là dans le journal, ta photo et tout ? Serre-moi la main, je suis fier de toi, mon petit. Moussa MASSY, regarde, c'est là...

Il lui montre la page 2 d'*Algérie Actualité*, Moussa aperçoit tout de suite l'article, bonne demi-page, avec sa photo en haut sur la droite :

— Oh, c'est rien, on fait ce qu'on peut, oncle Salem.

Le vieux Salem, tout content :

— Ah non, c'est pas rien, ta photo dans le journal, tu te rends compte ? Dans le journal ? Tu es un grand monsieur, Moussa.

Pointant l'index vers le ciel, Moussa :

— Le grand monsieur c'est Lui, oncle Salem, nous, on fait ce qu'on peut. Tiens, donne-moi dix journaux, j'en ai besoin, tu sais, les relations, le boulot.

Les dix exemplaires sous le bras, il se rue vers son bâtiment. Pas loin de 7 heures, papa, maman, mémé, Z'hor, Saliha, Mohand, Kahina, Ouardia, Nacéra et les mioches doivent prendre le petit déjeuner, le bon moment.

En volant, il dévore les cinq étages et ouvre la porte de chez lui. Ils sont tous dans le salon, café au lait et tartines beurrées, sous le silence du père. Essoufflé, Moussa court vers eux, tout le monde note que c'est pas normal. D'habitude c'est raser les murs et direct sa chambre. Là, il se pointe devant eux, tout sourire, leur dit bonjour et leur jette les journaux sur la table, en disant : page 2.

Les frangines se ruent sur l'article en se tortillant,

mémé tient le journal à l'envers, puis elle rétablit avec la photo. Surprise absolue, commentaires, joie, maman est toute fière, elle essuie une larme en silence. Il y a juste papa qui n'exprime rien, il scrute l'article en reniflant partout, n'y croyant pas encore tout à fait. Il met ses lunettes et regarde la photo, puis Moussa, il compare en hochant la tête, se méfie deux fois plutôt qu'une.

Moussa ne veut pas encore lire, non, veut être seul. Il rejoint sa chambre, Sahnoun et Slimane dorment toujours, il y a un peu de lumière. Moussa s'est ramené une tasse de café, il se cale bien contre son mur, allume une Marlboro et se prépare à déguster l'interview.

Il ne regarde pas la une du journal : « Élections municipales le 12 juin, le FIS appelle à voter pour Dieu. » Moussa cherche tout de suite sa page à lui, la 2, gros titre : « Moussa MASSY, jeune espoir de la chanson kabyle. »

Pas mal la photo, coupée un peu à la taille, mais ça va. Beau gosse, cheveux gominés, plaqués en arrière, chemise en soie, gilet berbère.

Sous la photo, une légende, en gras : « Dans la voie de Takfarinas », putain, encore Takfarinas... ils ont que ça à la bouche, ma parole...

Il parcourt rapidement l'article... « débute à la J. FLN... chante les valeurs traditionnelles du Djurdjura »... Mais j'ai jamais dit ça ! « ... eu égard à la culture nationale, comme liant dynamique superstructurel »... Rien compris, voir avec Rachid.

Il relit l'article quatre fois de suite, retenant les

mots-clés : « plein d'avenir... modèle pour les jeunes... bonne prestation scénique... »

Craquant bâillement, Moussa n'en peut plus, il pose les journaux sur l'étagère et tombe raide.

*

Quatorze heures, Fella vient le réveiller, téléphone, c'est Rachid. Il ouvre les yeux, encore fatigué mais béat. Il se sent un nouveau mec, l'article, le pluriel, affronter les regards, mais c'est ça la gloire.

Sahnoun et Slimane sont plongés dans l'article, chacun son exemplaire. Sans un mot, Sahnoun lui montre l'article en opinant du chef, tout heureux. Slimane est plus pudique, il continue à lire en caressant sa barbichette.

Moussa prend le téléphone dans le couloir, Rachid a acheté quinze exemplaires aussi. Fou de joie, il lui propose de venir chez lui, stratégie de carrière, promo, look.

C'est comme ça que Moussa aime que les choses se moussent.

Une heure plus tard, il est chez Rachid, Heineken et pétard à la main, Rachid exhibe sa joie :

— Enfin, putain, ils te reconnaissent, c'est pas trop tôt !

— Ouais, mais tu as vu, ils ont fait des fautes, et puis il y a des choses que j'ai pas pigées.

Le journal dans ses mains, Rachid, cool :

— T'en fais pas, c'est un connard, ce journaliste,

esprit FLN, je vois le genre. L'important c'est l'article, cent mille exemplaires, tu te rends compte ? Cent mille mecs vont regarder ta photo, c'est comme un concert devant cent mille personnes...

— Oui, tu as raison, c'est...

Rachid pose le journal sur la table :

— Je vais le découper et faire un agrandissement. Faut en tirer un extrait pour le poster, juste une phrase en bandeau, ça fait bien. Après, faudra afficher partout, les coins clés, la librairie de Vincent, au Centre des Arts, dans les facs, oui, ça va marcher, j'en suis sûr.

Moussa écoute en regardant son article à l'envers sur la table. Rachid lui explique les zones ternes de l'article, le deuxième degré, les allusions, Moussa plisse les yeux et opine en fumant clope sur clope.

4

Une semaine après, c'est le 12 juin, élections municipales. Vigoureuse et anarchique empoignade de tous les partis, sauf le FFS, qui a prôné le boycott.

Premières élections libres depuis l'indépendance, des dizaines de partis sont en lice, les murs d'Alger dégoulinent d'affiches.

Moussa n'a évidemment pas voté, s'est dit ça va être truqué comme toujours, 99,99 % pour le FLN, la légendaire « Continuité dans le Changement ».

Ce soir-là, toute la famille est devant la télé, 20 heures, les résultats du scrutin. Très mal à l'aise, la présentatrice vedette du JT annonce que le FIS a raflé les trois quarts des mairies d'Algérie, même dans les quartiers huppés, les gens bien étaient à la plage.

Suivi du détail des résultats, par commune, longue litanie mortuaire, le FIS sort vainqueur dans presque tout le pays, jusqu'en Kabylie.

L'hydre est devenue légale.

Moussa se met d'abord à rire nerveusement, non,

c'est pas vrai... *Ils* vont sûrement dire que c'est une blague, ses genoux tremblent.

L'Iran ?

Nacéra et Kahina pleurent, ça y est on est foutues, ils vont nous mettre le hidjab de force. Papa hurle en demandant le silence, Slimane jubile intérieur, maman gémit, son diabète. Sahnoun est dans son SAS.

Par la fenêtre, on entend une formidable clameur se répercuter aux quatre coins d'Alger. Moussa va au balcon, voit une foule dense, mobile, immense océan noir. Hordes de jeunes, par milliers, barbes, kamis, en proie à l'hystérie. Coran à la main, scandent des versets et des mots d'ordre : « Chariaâ immédiate. Il n'est de Dieu qu'Allah. »

Derrière eux, des mioches devancés par une espèce de chef, pieds nus, morve, brandissant en guise de drapeau un sachet de lait en plastique déchiré, au bout d'un long roseau.

Tout autour, des voitures klaxonnent, yous-yous, embouteillage. Plein de zèle, le service d'ordre du FIS règle la circulation. Moussa reconnaît des gens, Spartacus, Baïza, Mustapha le frère de Fatiha. Tiens, même Slimane est parti les rejoindre, ben mon vieux ! Lui tirer les oreilles à celui-là, bien comme il faut.

Moussa ne veut plus rien voir, plus entendre, il retourne dans sa chambre, se calmer, sueur subite, mais c'est pas possible ?

Que faire ?

Un frisson frais parcourt son dos, son cerveau

est comme gelé, ses membres engourdis, baisse de tension, il tourne en rond. C'est pas vrai ? Vaut mieux garder le FLN, dans ce cas...

La bouche sèche, il va à la cuisine, prendre un verre d'eau. En robe kabyle jaune et rose très vif, la mémé lui demande ce qui se passe.

— Ça y est, le FIS a gagné, il va nous zigouiller.

— Zigouiller ? Le FIS, c'est quoi celui-là ?

Moussa revient vers la chambre, il regarde le poster de Michael Jackson et le sien, côte à côte, se calmer, oui, vont se faire foutre, continuer, bosser, bosser, tenir, la musique.

*

Le jeudi suivant, il a un mariage à Frais-Vallon. Fin d'après-midi, briefing routine avec l'orchestre. Fixer le topo.

C'est Djelloul qui fait le transport, camionnette pour le matériel et les musiciens.

Moussa monte devant, bien sûr.

Djelloul, c'est le chauffeur attitré du groupe, il prend 100 balles par musicien et passe une bonne soirée. Djelloul n'a jamais eu de bagnole, il roule toujours sur celles qu'il répare.

Rachid doit venir, c'est important quand Rachid vient, c'est pas pareil.

Rien oublié ? Non, jeu de cordes pour le mandole, trouvé *in extremis*, trabendo, tenue de scène choisie avec soin, et les posters. Oui, Rachid lui en a donné trois, les premières épreuves. Il lui a dit d'en mettre un sur un présentoir, bien en évidence, l'image, ça circule.

Djelloul fait un créneau, tire le frein à main et coupe le contact. Tout le monde descend, beaucoup de monde, bagnoles mal garées, gosses. On les fait entrer dans une espèce de loge, poufs, parfums, gâteaux.

Sur une petite table, du whisky musulman, c'est-à-dire dans une théière, on roule des joints, on sirote le whisky, on cire bien ses godasses, on accorde les instruments.

Rachid discute avec Moussa qui se prépare face à une grande glace. Il lui raconte un clip qu'il a vu sur MTV, en lui suggérant des idées de look. Moussa se sent bien quand Rachid est là. Ah, Rachid c'est du vrai, ah putain oui, du solide.

Éclatant dans son costume vert à paillettes, cravate en cuir noir, parfum puissant, Moussa donne les dernières instructions à l'orchestre, l'ordre des morceaux. Dernier réglage de nœud pap, tout le monde est nickel.

Essais de son et ça démarre. Ambiance tendue au départ, public crispé, les élections, l'ombre du FIS ?

Toute sa rage dans son mandole, Moussa rentre dedans, pas de préliminaires, en avant !

Dès la première chanson, c'est le délire, femmes et hommes, on se précipite sur la piste. Moussa se défonce, il essaye différents registres de chant, de jeu de scène.

Au quatrième morceau, c'est Hendrix, il joue du

mandole derrière son cou, à genoux, le public exulte en applaudissant.

Puis c'est l'entracte, Moussa est devant sa glace, vérifiant le khôl, les dents, la cravate, le fond de teint. On le félicite de partout, c'était extraordinaire, merci.

Le marié s'est déplacé en personne pour le remercier, smoking et burnous blanc sur les épaules. Moussa lui a souhaité du bonheur et des enfants.

Dans le miroir, Moussa se regarde dans les yeux, il voit loin, très loin, petite lumière verte au fond de la grotte. Quelque chose comme l'odeur sûre et précoce de la gloire, mmm, il est bien ailleurs.

D'ailleurs il est où le joint ? C'est le bassiste qui l'a.

Moussa :

— Eh, ne Bogart pas le joint.

Le bassiste, mal entendu :

— Euh, quoi ?

Moussa, velours frais :

— Bogart, Humphrey Bogart, tu vois qui c'est ?

L'autre, euh...

Moussa :

— Tu vois, les années 50, Bogart, toujours une clope au bec, il rend jamais le joint, tu piges ? Ne Bogart pas le joint.

L'autre, rien... Rachid pouffe sous cape.

C'est de Rachid ce truc, paraît que c'est un truc américain, « *don't Bogart the joint* », passe à l'autre. Sacré Rachid.

Ah, enfin le bassiste lui rend le joint, Moussa tête

deux tafs, le passe à Rachid et fait signe à l'orchestre de reprendre, allez les garçons !

Il commence par une ballade très douce, une vieille berceuse sur les mères séparées de leurs enfants. Basse en sourdine, cymbales légères, petit fond de synthé, c'est tout. Moussa place sa voix médium basse, bien aérienne, juste au bord des larmes.

L'émotion est totale, toutes les mères sortent leur mouchoir, on entend des yous-yous aux balcons, Moussa en a la chair de poule.

À la fin, des vieilles viennent l'embrasser sur scène, lui souhaitant longue vie, santé et bonheur.

Passons aux choses sérieuses, trois, quatre, il donne le signal. *Ayadho*, belle mélodie, refrain énergique et nostalgique. Ça tourne bien, Moussa surveille le bassiste, les contretemps, il incite le public à taper des mains.

La deuxième partie se passe mieux, sono disons correcte. Moussa dompte le public, règne sur la scène, il joue avec le micro, sort tous ses as. La soirée dure jusqu'aux premiers feux du jour, soleil déjà haut, Moussa est fatigué mais plein, il se sent dégagé, ça fait du bien.

*

Deux semaines plus tard, tous les posters sont imprimés, Rachid est allé les chercher lui-même en voiture. Moussa est sur des braises, rendez-vous chez Rachid à 17 heures. Il lui a promis du shit pour fêter ça.

Pas de problèmes, en claquettes, Moussa descend, et du porche de son immeuble hèle le premier gosse venu, mais vraiment le premier, lui demande de ramener 200 balles de shit.

Spartacus, adossé au mur, barbe kamis, a entendu, il s'approche de Moussa :

— Notre frère, tu cherches du shit ? Écoute, Dahmane a été pris par les flics, mais ils ont pas trouvé le shit, sa femme l'avait caché. Là, elle est en train de le vendre pour lui payer un avocat. Si tu veux faire une bonne action, au nom de Dieu, elle a trois gosses, elle est seule...

L'âme caritative, Moussa daigne, allez, il en prend pour 400 balles. Tressant sa barbichette, Spartacus court lui ramener la marchandise.

En arrivant chez Rachid, Moussa se sent déjà multiple : cinq cents posters, tu te rends compte ?

Rachid en a éparpillé un peu partout dans le salon, Moussa MASSY, Moussa MASSY, Moussa MASSY, partout.

— Tu en prends une cinquantaine pour toi, les amis, les galas, les fêtes. Le reste, on le garde pour le jour où tu sortiras une cassette, on mettra un bandeau. Au fait, il faut un titre d'album, tu y as pensé ?

Moussa, frétillant :

— J'ai pensé à *Zombretto*. Les jeunes, tu sais, ils sont tous niqués au zombretto, c'est le biberon des gamins, ça parle de leur monde, de leur misère.

— Parfait, ouais, *Zombretto*, ah oui c'est vachement pas mal. OK, on le garde. « *Zombretto*, un album de Moussa Massy ! » Ouais, en plus ça sonne salsa, super.

Après deux joints, une bière, hop le plan d'action, Rachid prend des notes, branche son ordinateur, ouais, la technologie. Logiciel, fichier, ça y est, Moussa est sidéré par l'ordinateur, la souris, c'est une autre planète, ça. Rachid fait des projections, des simulations, manipule la souris. Moussa voit apparaître son nom sur l'écran, mais c'est la NASA ?

Putain, faut bien tenir le truc...

Le plan est finalement bouclé, Rachid a tout prévu, le circuit, les lieux d'affichage.

*

Moussa a donné trois posters à Spartacus pour les coller dans la cité. Chez Bouhar le boulanger, devant l'arrêt de bus, et sur le mur de son immeuble.

Djelloul en a exigé un dans son garage, Kahina pour son supermarché et Saliha, oui, même Saliha, dans son lycée.

Moussa en a mis quatre dans la chambre, plus un collé sur le présentoir en carton. Là, ça fait plus sérieux, on peut, un petit peu, commencer à causer carrière, un petit peu.

D'ailleurs, va falloir demander plus cher pour les mariages.

Ah, enfin, ça commence à venir. Doucement doucement, pas encore tout à fait comme il faut, mais ça vient.

Moussa sait au fond de lui que c'est pas encore ça, il sait très bien qu'il faut plus, beaucoup plus. La télé, des concerts géants à la Coupole ou à Ryadh El Feth, sur l'esplanade, oui, cinquante mille personnes avec une sono d'au moins 60 000 watts, c'est là que tu décolles vraiment.

Et puis le fin du fin, bien sûr : enregistrer en studio, sortir une cassette comme tout le monde, oui, ne pas se contenter, voir plus, au-delà de l'horizon.

II

1

Le Tantonville, près de l'ancien opéra d'Alger, c'est le café des musiciens, des danseuses, des gens du spectacle, boîtes, cabarets, mariages. Moussa commence à être un peu connu là-bas, c'est là que tout se traite. Il y vient une fois par mois, se montrer c'est civique, on sait jamais.

Rachid n'aime pas beaucoup Le Tantonville, faune fauve, milieu de musique orientale, requins de basses eaux, fonctionnaires de la nuit, trafic, putes, bagarres.

Grande terrasse étalée face au square Port-Saïd, Le Tantonville abrite de tout : dealers, macs, taxis clandestins, pickpockets, tout vit autour de la musique, du spectacle. Tiens, y a même Bouras l'illusionniste, avec sa poule d'assistante Nadia, fausse blonde, que tout bon fréquenteur de boîtes s'est envoyée.

Moussa aime bien venir ici, oh mais de temps en temps, pas plus, se faire rare c'est précieux. Juste pour voir les nouvelles têtes, où en est le mouvement, qui joue avec qui, du matos à vendre, tâter le topo du marché.

Il se met à une table pleine de musiciens, dont le vieil organiste Mahmoud Aziz, très respecté, pionnier de la grande musique arabe au synthé. Moussa l'écoute raconter de croustillantes galéjades de musiciens de boîtes.

À un moment, quelqu'un s'approche de Moussa et demande à lui parler en privé. Intrigué, Moussa se lève, branche les radars, non, connais pas.

Il le suit vers la salle, ils se mettent au comptoir, le mec c'est le frère du patron d'une boîte, La Chésa, à Fort-de-l'Eau :

— J'étais au mariage, là, où tu as chanté la dernière fois. Ben mon ami, quelle voix ! J'en ai parlé à mon frère, il est d'accord. On serait content de t'avoir à La Chésa, parmi nous tous les soirs.

Moussa est interloqué, une boîte ? Professionnel ?

Premier contrat de sa vie, ça y est, c'est parti. Faut pas qu'il voit la joie, changer de gueule, Moussa :

— Ben... disons que je suis un peu plutôt libre, en ce moment. Pourquoi pas ?

Ils règlent les détails, commence demain si tu veux, ouais d'accord, combien ? 200 balles par soir, avec les étrennes, ça te fera 500, ensuite si ça marche on voit, d'accord, d'accord, commence demain, sans problème.

Comment la vie vire...

Moussa organise l'affaire, musiciens, matériel, il informe Rachid qui saute de joie, posters, look, carrière, ça y est mon coco, cette fois-ci c'est bel et bien parti.

*

Le lendemain, jour J, 20 heures 30, la R5 que Djelloul répare en ce moment roule dans Fort-de-l'Eau, elle tourne lentement vers la gauche et stationne devant l'entrée de La Chésa, la nuit est belle, les portières s'ouvrent.

Costume de lin blanc, mocassins blancs à glands, chemise de soie rose, imbibé de Fabergé, Moussa Massy daigne descendre. Intimidés, ses musiciens descendent à leur tour et se regroupent autour de lui.

La première fois qu'ils vont jouer dans une boîte.

Une Camel entre les dents, Moussa arrange sa pochette fuchsia, rajuste sa cravate en peau de serpent, enlève une poussière du col de sa veste et leur sourit en regardant l'enseigne rouillée. La Chésa, écrit en néon blafard, sur une forme de gazelle bondissante. Derrière, on entend les vagues rouler sur les rochers, la lune est douce.

Identification auprès du videur, Merzak, qui leur indique la loge. Le disc-jockey vient les voir, leur parle topo, micros, entracte, horaires, danseuses, programme musical. Moussa écoute en prenant un air de requin avisé, déjà vu tout ce que tu veux.

Pas montrer la joie, strictement interdit.

Moussa rassure ses musiciens, aucun problème, roule Raoul.

De la musique vient du couloir, l'orchestre occidental a commencé, bossa-novas, boléros, pas mal, tresser le contact avec eux. Moussa et son orchestre sont prévus en troisième position, après l'orchestre oriental.

Moussa sort de la loge, jeter un coup d'œil dans la salle, poser. Quelques clients au bar, ça sent l'ambre et le détergent, c'est le tout début de soirée.

Moussa se cale dans un coin du bar pour poser, il regarde l'orchestre, bons musiciens, surtout le guitariste, vif-argent dans les doigts, Rachid aimerait, j'en suis sûr, doit venir jeudi avec Lynd'.

La salle se remplit progressivement, tables réservées avec bouteille de scotch obligatoire, entraîneuses déjà en place. Indicatif jazzy, les musiciens s'arrêtent, c'est au tour de l'orchestre oriental.

Violons, derbouka, tambourin, orgue à fond. C'est très fort et très aigu. Moussa n'en peut plus, il rejoint la loge, les copains sont là, blagues, joints.

Puissants effluves de parfum, une danseuse rentre dans la loge, poulette de nuit, éméchée, très jeune et déjà tannée par le métier. Elle est belle, robe ultracourte, bas résille, lèvres à mordiller. Salut, elle c'est Warda, présentations, Moussa crypte son regard, j'ai tout vu, me la fais pas.

Soudain, elle enlève sa jupe, son bustier, sa culotte, voix rauque de whisky, de larmes et de clopes :

— Vous avez tous déjà vu une femme à poil, hein ? C'est beau une femme, regardez ! Ah, je nique le monde avec mon zeb !

Elle brandit son bras comme un phallus, calant son coude contre son pubis. Tout le monde est bouche bée, Moussa ne trouve pas *l'angle*, il la regarde, tous la regardent. Warda se met entièrement nue, seins à l'air, se caressant le bas-ventre en riant. Puis elle enfile sa tenue de danse, slip et bustier à perles, voilette transparente, diadème, castagnettes en cuivre. Sur un baiser du bout des doigts elle disparaît.

Moussa enregistre, imprime tout, le métier...

Le disc-jockey vient vers eux, une demi-heure après :

— Allez, c'est à vous.

Moussa contrôle sa cravate, dernier coup d'œil au miroir, donne du courage, allez, les garçons, on y va.

Projecteurs crus, c'est plein de monde, Moussa règle la hauteur du micro, on branche, on essaye, trois, quatre, en avant !

Au début, le son est dégueulasse, pas de retours, ça siffle de partout, Moussa n'entend rien. Malgré ça, les gens se précipitent sur la piste.

Deuxième morceau, tout en chantant, Moussa s'énerve, dit au bassiste d'augmenter, au batteur d'appuyer, allez, quoi !

Quatrième morceau, c'est l'estocade, le célèbre tube de Takfarinas, *Way Telha*, il dénoue sa cravate. Aux premières notes de l'introduction, le public reconnaît et éclate. Moussa les achève, à genoux, le tabac total, paroxysme. Il chante presque indou, parfois. Encore et encore, il jette sa veste, ouvre sa chemise, reprend le refrain, puis il lève le bras, le final, la mise à mort. Roulement de caisse claire, le batteur a pigé, trois, quatre, cinq coups de cymbales synchro avec lui, et Moussa bondit en l'air, le dernier pain, silence.

Ovation debout, très rare dans les cabarets.

Le disc-jockey annonce Cheb Krimo, le nouveau jeune espoir de la chanson raï.

Exténué, Moussa descend de scène, croulant sous les louanges. Un mec, la quarantaine, grossiste dans les bassines en plastique, l'invite à sa table. Il est avec deux putes et un autre mec, douanier. On félicite Moussa, les putes gloussent. Ils en sont à leur deuxième bouteille de whisky, 2 000 balles la bouteille. Les premiers moments passés, Moussa s'ennuie, conversation gluante, trafic, fric, arrivistes bon teint, violet-gris.

Le chanteur de raï détonne, Moussa intercepte ça. Une des putes lui fait de l'œil ouvertement, elle est très jeune, même pas vingt ans.

Dans la salle c'est la cohue, maintenant. Les tables sont bourrées, maquignons à turbans, viande de bagne, Moussa observe. Excédé, il invente un prétexte pour filer vers les loges.

Le disc-jockey le coince au passage et l'invite dans la régie en lui tendant un double whisky. Moussa accepte, regarde le matos, table de mixage, clignotants rouge et vert. Le DJ lui raconte la grande histoire de La Chésa d'avant, la sacrée belle époque de Salah Skikdi, les autres boîtes, La Houle, Le Santa Monica, Le Solitaire...

Il lui nomme les entraîneuses, Samia Lavabo, Fatiha Lame-Gillette, Nadia Belmondo. Les travelos aussi, Ramsès, Suzanne.

Parfum étourdissant, une entraîneuse entre dans la régie, très fardée, fausse blonde. Elle a ramené au DJ un grand verre rempli de whisky à ras bord. Payées à la bouteille, elles ferrent un client, font semblant de boire, remplissent des grands verres qu'ensuite discrètement aux copains. Dix pour cent par bouteille, faire consommer, faire boire, l'usine, allez mon chéri, je meurs de soif, à boire pour la belle.

L'entraîneuse se vautre sur les genoux du DJ, Moussa en profite pour s'éclipser.

Dans l'escalier qui mène aux loges, il est bousculé par Merzak le videur, 120 kilos, qui descend un client par la peau du cou. Il le jette violemment en bas de l'escalier. Puis, à coups de poing, il le fracasse, le relevant parfois pour mieux viser. Il le finit d'un coup de tête massif et frontal, pok, l'autre s'évanouit, l'arcade éclatée, la bouche en sang.

Moussa est terrorisé, c'est la première fois qu'il voit ça. Merzak essuie la manche de sa veste, remonte les escaliers, en donnant une tape sur l'épaule de Moussa :

— Allez, rentre dans ta loge, va, t'as rien vu, c'est bon...

Envie de vomir, Moussa regagne la loge pleine à craquer. Les gars de l'occidental roulent des joints avec ses musiciens, c'est Djelloul qui assure.

Moussa prend un joint, Rabah, le guitariste vif-argent, vient vers lui :

— Bravo, tu chantes superbien. En plus, rien à voir avec Takfarinas !

Enfin quelqu'un qui comprend, Moussa lui offre le plus beau sourire qu'il peut.

Vers 5 heures du matin, tout le monde est pété, on ferme, les musiciens se retrouvent au Terminus, cafés au lait, sandwichs. Moussa apprécie Rabah, fils de famille, beaucoup d'humour, un vrai gars d'Alger, quoi, normal.

*

Ensuite, c'est la routine, tous les soirs à La Chésa, sauf le samedi, jour de repos.

L'été est bien là, mi-juillet, chaleur à cuire, grillons sans arrêt. Un samedi, Moussa décide de partir à la plage avec Djelloul, en camionnette. Maillot de bain Bahamas, Ambre Solaire, serviette Madonna, lunettes de soleil, parasol. Poser, oui, même à la plage. Fatiha ne peut pas venir à la plage, ses parents, tout ça... dommage.

Sur l'autoroute, un peu d'air frais, ça fait pas de mal, quelle chaleur ! La chemise ouverte, Moussa lit un bout de journal : « Le FIS a interdit le port du short dans toutes les communes. » Mais ils sont fous ? Comment tu vas faire avec plus de 40 degrés à l'ombre ? Des anoraks ?

Écœuré, il jette le journal par la fenêtre et s'allume une cigarette. À hauteur du club des Pins,

Djelloul bifurque vers la droite, entrée payante, plage huppée, pas trop de blaireaux. L'odeur de la mer fouette Moussa, il y a un monde fou, se trouver une place.

Djelloul repère un coin près du bord, pas loin des rochers, parfait. La plage est couverte de parasols colorés, langue dorée parsemée de fleurs ouvertes.

Ils plantent le parasol, étendent les serviettes, se déshabillent et hop, plongeon, mmm, un peu fraîche au début. Après s'être ébroué, Moussa se tente une brasse vers le large, l'eau est plus propre là-bas, quel temps ! un paradis.

Il fait la planche, paix absolue, vide total. Au loin, des cris d'enfants.

Djelloul est allongé sur sa serviette, il se sèche en lisant un vieil *Auto-Journal*. Un quart d'heure plus tard, Moussa sort de l'eau ruisselant, passe la main dans ses cheveux, arrange sa gourmette et sa chaîne en or, on le regarde ? Non, une impression.

La plage est pleine de filles bronzées, cuisses satinées, seins tendus. Quel âge ?

Moussa est incapable de donner un âge à une fille en maillot.

Il rejoint Djelloul sous le parasol et se sert du café. La radio, FM espagnole, tubes de l'été, pubs, ouais c'est bon ça, la belle vie. Il se regarde dans son petit miroir Elvis Presley, coup de peigne en arrière, enlever l'eau des cheveux, mmm le goût du sel sur la langue, il s'allonge sur sa serviette.

À côté, des gens en famille découpent la pastèque, des gosses jouent au foot, merde le sable...

Allongé sur le ventre, Moussa sent le soleil mordre. Ambre Solaire, ça sent bon, ça sent la richesse, Djelloul lui en remet sur l'épaule.

Des gosses de paysans, en loques, sales, vendent des beignets douteux. Pourquoi ils viennent exprès ici ? Ils gâchent le paysage...

Djelloul est amoureux en cachette de Nacéra, la sœur de Moussa. Ça fait des années, en silence. Moussa a très vite remarqué son zèle auprès de sa famille. D'abord échanger des polars avec Sahnoun, puis réparer la voiture de Saliha. Ensuite, sa présence dans les grands moments de la vie de la famille, enterrements, mariages, naissances, Djelloul a toujours été là.

Quand est-ce que j'ai tout deviné ?

Eh bien, je crois que c'est un jour où on avait accompagné Nacéra à la fac, Djelloul était rouge tomate, pas un mot pendant le trajet. C'est vrai que mon petit bout de frangine est mignonne, pommettes rondes, sourires en-veux-tu-en-voilà. Tout de suite pigé, pas me faire un dessin, mais je m'en suis jamais mêlé, oh non non non, surtout pas, trop délicat, ces affaires, se démerder tout seuls. Nacéra ne s'en est pas rendu compte, je pense, à moins qu'elle fasse semblant, c'est profond et... truc... les femmes, tu sais jamais où elles sont dans ce qu'elles disent. Me demande si ça peut marcher entre eux, pas du même niveau, je veux dire... Nacéra est à la fac, alors que Djelloul... eh ouais c'est la vie... demain faut reprendre le train-train. La Chésa, entraîneuses, bagarres, pas exactement comme je croyais. Rachid est venu jeudi passé avec Lynd', comme elle est belle, Lynd', ressemble aux filles de Dallas. Je leur ai offert une bouteille de scotch, 2 000 balles, non, non, faut ce qu'il faut, obligatoire, ne jamais compter pour Rachid. C'est la première fois qu'il mettait les pieds dans un cabaret, Rachid. Il était mort de rire, ça lui rappelait les vieux films américains, les bouges des années 30, les macs, les putes, les gogos, il a bien aimé le groupe occidental, Rabah le guitariste, surtout.

À La Chésa, il y a une espèce de cuisine minuscule derrière le bar, pour les gens de la maison, sandwichs, œufs au plat. À l'entracte j'ai emmené Rachid là-dedans, y avait déjà deux danseuses et Tikechbila, le chanteur marocain. Saoul et plein de kif, Tikechbila voulait se faire cuire un œuf. En posant la poêle sur le gaz, il fait tomber l'œuf qui se casse sur le sol noir de crasse, flaques, cafards. Rachid et moi, on mangeait nos sandwichs, viande hachée aux oignons. Sans un mot, Tikechbila s'est mis à quatre pattes et a aspiré, vlleff, comme ça, l'œuf cru à même le sol. Puis il s'est redressé en tapant sur sa poitrine et en hurlant comme un gorille.

Moi j'ai posé mon sandwich, violente envie de rendre, Rachid était plié de rire, il a bien pris ça, le vécu comme il dit, sacré Rachid.

Moussa achète un beignet suspect à un gosse suspect. Tiens, y a Djelloul qui revient, il a mis un siècle, parti chercher des glaces, un cornet dans chaque main, il patauge dans le sable.

Pas mal, cette glace, Moussa lape, semblant de fraises, ah qu'il fait bon !

Regarde, si tout le monde arrêtait un peu de déconner, avec le FIS, la politique, le trabendo, tout ça, on serait un pays normal, comme tout le monde, bonjour monsieur, je vous remercie, après vous, bonne journée. Au lieu de...

C'est Ibn Khaldoun ou je ne sais qui, qui disait : les Arabes se sont mis d'accord pour ne jamais se mettre d'accord. Eh ben, il avait pas tort, le Khaldoun...

Dix-sept heures, c'est le moment de mettre les voiles, la camionnette, plier bagages, le parasol, les serviettes. Avant de monter dans la camionnette, ils enlèvent le sable des chaussures, des vêtements, s'habillent et vérifient leur bronzage, ça va, bien pris, faut dire que Djelloul est déjà très bronzé de nature.

Retour au bercail, en traversant les villages côtiers, Moussa regarde les gens, kamis, barbes, banderoles FIS, versets du Coran. Savent même pas vivre la mer, ah devraient vivre dans le désert, les oasis tout ça, ouais, comme les Bédouins. C'est ça, on devrait leur donner le désert, parfait pour eux, qu'ils fassent leur putain d'État islamique et qu'ils nous foutent la paix.

Fait très chaud, Moussa est torse nu, il s'évente avec la serviette. À la sortie de Staouéli, barrage de gendarmerie, on leur fait signe de garer à droite. Bizarre.

Un jeune gendarme, visage vrillé, perles de sueur au front :

— D'après vous, pourquoi je vous ai fait arrêter ?

Moussa ne voit pas, tout est en règle, les feux, les papiers...

— Non, je ne vois pas...

Le gendarme, se penchant pas la fenêtre :

— Atteinte à la pudeur. C'est une tenue, ça ? Tu te mets souvent à poil devant tes sœurs, ta mère ?

Moussa, calme :

— Non, c'est la chaleur, je suis pas à poil, je... c'est juste la chemise, j'allais justement... Excusez-moi, je...

— Descendez du véhicule et suivez-moi au poste.

Cool, pas le contrarier, Moussa boutonne sa chemise jusqu'au col et suit Djelloul et le gendarme qui se dirigent vers le poste. Salle de permanence glauque, mouches, odeur de moisi, grand registre graisseux sur une table, cendrier débordant de mégots, portrait poussiéreux de Chadli au mur.

Djelloul et Moussa sont debout, le gendarme tourne autour d'eux, les mains derrière le dos :

— Qu'est-ce tu fais dans la vie ?

— Euh, chanteur, les mariages, les fêtes...

Les narines tendues, le gendarme s'approche de lui, le dévisageant de près :

— Chanteur ? Dis-moi, c'est du khôl que tu mets aux yeux ? Tu mets pas du maquillage aussi ? Tu serais pas pédé par hasard ? Sale race de dégénérés... alors comme ça tu es chanteur ?

Djelloul et Moussa sont au garde-à-vous, sueur fraîche, profil bas, il est armé, on sait jamais, silence.

Une cinglante gifle met Moussa par terre, le gendarme :

— On répond à mes questions, petite pédale !

La lèvre en sang, Moussa :

— Je... faut bien travailler, on est à quatorze dans trois pièces, et...

Le gendarme lui file un coup de pied à l'épaule et sort son flingue. À la vue de l'arme, Moussa devient blême, il a très froid, tout d'un coup.

— Ferme ta gueule, tapette ! S'il ne tenait qu'à moi, je vous nettoierais tous, tas de merde. Suce le canon, suce, tu dois aimer ça, sucer, hein ?

Il lui met le canon devant ses lèvres. Moussa, meurtri, suce le canon froid en pleurant. Le gendarme le relève d'un coup sec et l'examine de près, il regarde la gourmette, la chaîne en or, Moussa sent son souffle fétide contre ses joues :

— Tu es sûrement pédé, ou alors tu dragues les femmes des gens honnêtes. Je connais ta sale race, petite merde.

Sur ce, entre un autre gendarme, un supérieur :

— Qu'est-ce qui se passe ?

Le gendarme :

— Ils m'ont manqué de respect, mon lieutenant, outrage à agent.

Le supérieur interroge Moussa qui n'ose pas nier, il se plie en excuses.

Le supérieur en a marre, fin de journée, canicule :

— Bon, foutez-moi le camp en vitesse. La prochaine fois que vous manquez de respect aux agents de la Loi...

Djelloul et Moussa hochent la tête. En ricanant, le gendarme les fait sortir, au passage, il met discrètement le canon de son pistolet au cul de Moussa.

Une fois dehors, ils grimpent dans la camionnette et démarrent. Moussa est pris de sanglots, il cogne la boîte à gants de toutes ses forces. Djelloul le console, c'est des enculés, sale race du pouvoir de merde.

C'est pas la première fois, l'arbitraire. C'est pour ça que je me suis retrouvé dans la meute des émeutes de 88, avec les jeunes, à tout casser sans savoir pourquoi. J'ai vu clairement l'armée tirer sur la foule, des gamins. Devant mes yeux, ce gosse d'à peine quatorze ans debout sur un capot de bagnole, oui j'ai vu un militaire le prendre en joue au fusil-mitrailleur, ça fait mal, du 12.7, oui je l'ai vu clair le môme sectionné en deux, longue rafale, gazelle en plein vol.

Arrivés à la cité, ils se séparent, Moussa grimpe les cinq étages en se faufilant parmi les mioches.

Dans la salle de bains, coupures d'eau, jerrican, bassines. Il se lave, enlever le sel, nettoyer le sang, sa lèvre est bien fendue. Pays de merde, injustice, une seule envie : se saouler la gueule, Rachid n'est pas là, dommage, il est à Barcelone chez sa tante.

*

Le lendemain, sans enthousiasme, il reprend le boulot, La Chésa, coupe-gorge, rien à voir avec ce que je croyais, c'est pas mon chemin, c'est de la merde, ça. Mais faut bien, comme dit Rachid, se faire au métier, tenir bon, voir loin.

Oublier le gendarme, Moussa commence à boire tôt, vers 18 heures, il arrive bien pété sur scène, voit plus rien, comme ça c'est parfait.

Ce soir-là, il chante comme un dieu, en versant de véritables larmes. Rabah applaudit en sifflant, tout le monde est debout, les gens se bousculent, mettre des billets dans le col de sa chemise. Son tour de chant terminé, il file dans la loge, se rouler un joint vite, planer, ne plus voir.

Warda la danseuse s'amourache de lui ouvertement, faire gaffe avec ces femmes, corbeille à vipères, jalousie, ennuis.

Moussa fait le mort à ses avances.

Une fin de soirée, à la sortie de la boîte, un musicien de l'orchestre oriental s'approche de lui. Le prenant par le bras, il lui dit qu'il veut lui parler. Moussa le suit, un peu à l'écart, à côté des taxis clandestins qui se remplissent, employés, danseuses, musiciens.

C'est déjà l'aube, ciel bleu, la mer juste à droite,

le sable blond pailleté. Tout d'un coup, le musicien sort une hache de son cabas et se rue sur Moussa :

— Salaud, je vais te déchiqueter, tu dragues ma femme sous mes yeux ?

C'est le mec à Warda.

Affolé, Moussa se sauve et court se cacher derrière les bagnoles. Tout le monde regarde, mais personne ne se mêle, histoires de gonzesses vaut mieux pas.

Moussa glisse et tombe par terre, l'autre brandit sa hache, au-dessus de son visage. Soudain, Djelloul accourt avec une perche de micro à la main. En hurlant, il assomme le musicien de trois violents coups. Ensuite il le plaque au sol en lui fracassant le visage :

— Tu vas lui foutre la paix, hein ? ou je te nique la gueule que ta mère elle pourra plus te reconnaître !

L'autre, le visage tuméfié :

— Je le tuerai... où qu'il aille, je le tuerai...

Dans ce magnifique matin de juin, Moussa regarde le sang du musicien se mêler au sable chaud, rouge sur or, des mouettes fendent l'air propre.

*

Les jours suivants, Moussa s'achète un cran d'arrêt, le premier qui m'approche je l'ouvre, pas compliqué.

La Chésa, la routine. Un soir, quelqu'un vient le

demander dans la loge. Bien mis, ressemble pas à la clientèle habituelle :

— Bravo pour ton tour de chant. Écoute, moi je travaille au Triangle à Ryadh El Feth. Je suis avec le directeur artistique, là. On voudrait te parler.

Le Triangle ? C'est la plus grande boîte d'Algérie, le temple de la jeunesse branchée, la *tchitchi*, tout le monde en parle à Alger. Moussa n'y a jamais mis les pieds, pas son milieu.

Rachid oui, c'est un habitué, il lui en a souvent parlé.

Moussa suit le bonhomme vers une table où il y a déjà deux personnes. Présentations, un émigré, apparemment technicien du son, et le directeur artistique.

Juste à sa mise, Moussa sent que c'est d'un autre niveau. Belle gueule, cheveux longs, pantalon blanc, Lacoste vert, Bill, le directeur artistique, met rapidement Moussa à l'aise, il lui offre un verre.

Moussa sent tout de suite Bill. Calme, posé, bon humour, un mec de *là-bas*, sans problème. Mais qu'est-ce qu'ils sont venus foutre dans ce boui-boui ?

De fil en aiguille, la conversation se précise, Bill :

— Ouais, ton tour de chant, c'est bien, c'est nouveau, rien à voir avec Takfarinas...

Ah bon ? Ça fait deux, comme quoi y a un bon Dieu...

— Merci, ça fait plaisir, on fait ce qu'on peut.

— Oui, très original, ton look, ton jeu de scène. Et puis... bonne idée, ton poster à l'entrée, ça fait sérieux. J'aime les gens d'ambition. C'est bien vu ton répertoire, ouais, les années 50, El Hasnaoui, tout ça. On n'entend pas ça souvent.

Le présenter à Rachid, seraient parfaits tous les deux, de la vraie bonne fournée de belle race d'Algériens.

Comme normalement tout le monde devrait normalement être, quoi !

Moussa se sent revivre, tant d'égards, d'authentique attention :

— Les gens ont oublié El Hasnaoui, je trouve qu'il était moderne avant l'heure. Chanter *L'Aéroport*, ou des calypsos comme *Hula Hoop*, dans les années 50, fallait le faire...

— Tout à fait d'accord. Dis-moi, on est en train de renouveler le plateau au Triangle. Je veux du créatif, du nouveau, marre de tous ces requins de fonctionnaires de la musique. Si ça t'intéresse, on pourrait voir comment. Tiens, voilà mes coordonnées, appelle-moi, tu commences quand tu veux.

C'est quand tu crois que tout est foutu que des fois la vie elle te met une beigne de joie en pleine tronche, fnap, comme ça.

Le Triangle : absent même des rêves de Moussa, tellement c'est... Et là ? Bill qui... demande d'engagement sans équivoque... Moussa prend la belle carte de visite, écriture dorée sur fond noir :

— Euh, je suis pris de court... c'est... je m'attendais pas, je vais réfléchir, je vous appelle très vite.

Bill lui détaille un peu le topo au Triangle, public d'un autre niveau, joyau des gens du pouvoir. Au passage, il lui glisse que l'engagement ne concerne que lui, et non son orchestre. Celui du Triangle est excellent, il accompagne toutes les vedettes. Bill lui cite quelques noms, Abdallah, Hamid, Mahmoud Aziz, des pointures d'Alger, les meilleurs de la musique orientale moderne.

Aïe, problème : les musiciens, les copains, comment leur annoncer ? Épine dans le pied, voir Rachid, a dû rentrer de Barcelone, en parler avec Djelloul, discrètement.

Moussa leur remet une tournée et les quitte, reprendre la deuxième partie. Il se sent flotter, volupté dorée, comme sur un nuage.

En rentrant avec Djelloul, Moussa lui dit tout, lui demande ce qu'il en pense.

Djelloul pète de joie :

— Le Triangle ? Putain mais ça y est ! Tu l'as mis ! Ouais, bordel : tu es arrivé.

Moussa lui parle de la nuance : sans l'orchestre, les fidèles copains, les gredins frères de galère.

Djelloul, philosophe :

— Ah oui, problème. Mais... c'est la vie, Moussa, chacun pour soi, chacun son destin. Tu vas pas les tirer toute ta vie, qu'est-ce qu'ils feraient à ta place ?

Ça c'est vrai : qu'est-ce qu'ils feraient à ma place ?

Le lendemain, téléphone, c'est Rachid, revenu de Barcelone, il lui raconte l'affaire.

Rachid pousse un cri en anglais :

— Ça alors, j'étais sûr que tu arriverais. Mais

aussi vite... faut pas hésiter, Moussa, pas une seconde, c'est la chance de ta vie. En plus, je connais Bill, il est brillant, un vrai artiste, c'est un musicien de jazz, aussi. Faut foncer, expliquer aux copains, faut qu'ils pigent.

Encouragé et embêté, Moussa envisage la chose, quelle corvée, comment leur balancer ça ?

Rendez-vous dans un café, Moussa annonce la nouvelle à ses musiciens. Ils en restent interloqués. Après un petit silence, deux attitudes se distinguent.

L'organiste et le bassiste comprennent, lui souhaitent bonne chance, oui, c'est la vie, on rejouera peut-être ensemble un jour, qui sait ?

Mais le batteur et le violoniste prennent ça mal : qu'est-ce qu'on va devenir, et le répertoire qu'on a tellement bossé, tu as pas le droit de nous lâcher, égoïste, salaud...

Moussa encaisse, comprend tout, qu'est-ce que tu vas dire ? Ça lui fait quelque chose aussi, de les quitter. Tant de souvenirs, les galères, les soirées, les rêves de musique...

Ils se quittent, le cœur langé, oui, c'est la fin de quelque chose, le début d'autre chose, ça avance, c'est le principal.

Il appelle aussi Fatiha, lui annoncer la nouvelle. Au début elle est très contente : Le Triangle, qui n'en a entendu parler à Alger ?

Mais, aussitôt, elle change d'humeur. Jalousie, les belles femmes, tu vas m'oublier, elles vont te tourner la tête.

Moussa la rassure, y a qu'elle qui compte, il lui rappelle les serments d'amour à la face de la lune. Depuis cinq ans, leur histoire, ça y est maintenant, voilà que point le bout du tunnel. Le Triangle, la gloire, tout va venir, le fric, la gloire, le logement, le mariage...

*

Le mois suivant, il donne une semaine de préavis à La Chésa et contacte Bill, lui annonce qu'il est prêt.

Moussa jette toute sa paye dans les fringues, ça c'est connu. Mais là, c'est autre chose : Le Triangle, c'est pas La Chésa, faut assurer sérieux. Renouveler la garde-robe, voir du côté de Lâkiba, c'est cher mais il faut, l'image ça a toujours soif.

Une fois par mois, Moussa vient glander à Lâkiba, Byzance du trabendo, fouiner, fringues, babioles de *là-bas*.

Supplice de Tantale, la plupart des gens n'achètent pas, viennent juste saliver, pas les moyens. Produits d'Occident à même le sol, parfums, savonnettes, colifichets religieux, piles, cassettes porno, gadgets, bonimenteurs rivalisant de gouaille.

Les prix brûlent les doigts, mais Moussa s'en fout. Il se tente une chemise de soie noire, caresse le tissu, belle matière, manches bouffantes, avec deux fausses poches, splendide.

En fouinant encore, il détecte une paire de mocassins en toile, sertis de perles colorées, genre hindou. OK, il marchande, combien pour les deux, d'accord pour 1 500 balles. Moussa prend la chemise et les souliers enveloppés dans un journal. Excellent ça, pour démarrer au Triangle, ça va avec le look général. Après on verra en fonction, ouais ça va aller.

Au passage, il se prend un déodorant en stick, 150 balles, doit valoir 5 francs chez Tati, mais ça fait rien : sentir bon c'est important.

2

Rendez-vous au Triangle un après-midi avec Bill, mise au point, répétitions.

Chaleur épouvantable, début août, il est 15 heures. Djelloul dépose Moussa devant le Centre des Arts. Lunettes noires, tee-shirt Batman, son mandole à la main, il prend ses marques.

Ah, il fait moins chaud ici, air conditionné, béton frais, tout est net, parfums capiteux, c'est comme *là-bas*, dis !

En descendant au dernier niveau, Moussa observe les boutiques de luxe, belles femmes maquillées, bien mises, on se croirait à Genève. Du monde attablé aux terrasses, filles, garçons, fraîcheur de richesse, la vie normale, quoi.

Il remarque les agents de sécurité, discrets, talkies, en uniforme, nets. Ils ont raison, faut protéger ça contre la vermine.

Moussa ne sait plus marcher tellement c'est propre, service de nettoyage, mignonnes poubelles partout, cendriers publics stylisés, ouais putain, ça devrait être comme ça partout.

À chaque niveau, des moniteurs télé diffusent des clips à volonté, chaînes étrangères. Moussa n'en revient pas, il s'arrête deux secondes. L'image est parfaite, le son, les couleurs. C'est du funk, des nanas en shorts sexy font les chœurs. Il regarde aussi les pubs, fraîcheur de vivre.

Papa est contre la parabole, il trouve que c'est trop... c'est-à-dire, non, il en veut pas, c'est tout.

Au rez-de-chaussée, il débouche sur le Triangle, apparemment fermé, pourtant il avait dit 15 heures ? Moussa regarde par la vitre, quelqu'un vient vers lui, jeans et claquettes, en bâillant. C'est un garçon de bar, un émigré, Moussa demande Bill, l'autre le fait entrer.

Bunker mastoc, Le Triangle, femmes de ménage dans l'immense hall, aspirateur, serpillières, ça fait plaisir. Le garçon de bar dirige Moussa vers la gauche, on entend des notes de musique.

Bill est en train de superviser une répétition, fait signe à Moussa d'approcher. Sur scène, Abdallah le bassiste, Hamid le batteur et Mahmoud Aziz, l'organiste. Tout le monde bâille, mal remis de la veille.

Bill présente Moussa, se connaissent de vue. Ils répètent un nouveau morceau avec une chanteuse constantinoise. Un carnet à la main, Bill note le répertoire, les transitions, il demande à Moussa de patienter.

Moussa se met dans un coin et regarde, le vrai métier, bon réglage de sono. Bill prend lui-même les repères de son sur la table de mixage.

Ammar, le disc-jockey, est sympa, il fait visiter la

boîte à Moussa, en attendant que Bill ait terminé avec les autres.

Le Triangle se compose de trois espaces, la discothèque, le club oriental et le club jazz.

D'abord, la disco. Moussa n'a jamais vu de sa vie autant de matériel, régie lumière, son, tables de mixage, équipement vidéo, lecteurs laser. La salle est très spacieuse, le garçon lui montre un immense baffle, plus grand que Moussa.

Putain, qu'est-ce que ça doit donner, ça ?

Ensuite, le club jazz. Très intime, une vingtaine de tables, bar américain, petite scène, batterie, piano électrique, amplis. Moussa note les spots de lumière. Au plafond, une superbe verrière, air conditionné, la régie, super matériel, table de mixage, sono, magnétoscopes.

Enfin, le club oriental : aussi grand que la disco, décoré oriental, grande scène, piste lumineuse, jeux de lumière.

Bill vient de finir avec la chanteuse constantinoise, c'est au tour de Moussa. Il sort son répertoire, ils essayent les morceaux, trouvent tout de suite les accords, bons musiciens, pas à dire. En deux heures, tout est bouclé, le reste, on verra en route, le liant, tout ça.

Bill offre un pot à Moussa et lui explique les horaires, la tenue de scène, le sérieux dans le métier. Le Triangle, c'est la vitrine du Pouvoir, le hochet de leurs enfants, faut faire gaffe.

Le Triangle ouvre à minuit, tenue correcte, non accompagné s'abstenir. Le tour de chant de Moussa est prévu pour une heure moins le quart du matin. Il est pas loin de 18 heures, le temps d'une bonne sieste, prendre des forces.

La tête pleine de rêves, il rentre chez lui, se glisse dans son lit et se force à dormir, impératif jusqu'à 21 heures, au moins.

Sahnoun est plongé dans un roman policier.

Mais impossible de dormir, portes qui claquent, hurlements de papa, la télé qui braille, c'est l'heure où tout le monde rentre du boulot, de la fac, de la rue.

Énervé, Moussa se lève, la salle de bains. Il se bricole deux tampons de coton et se les fourre dans les oreilles, c'est mieux que rien. Il réussit à s'endormir.

Vingt et une heures, debout, bien bouffer. Virée dans la cuisine, Z'hor lui sert une bonne portion de couscous au poulet. Mohand revient du salon, en grignotant une tranche de pastèque :

— Eh, on se voit pas souvent ces jours-ci, oiseau de nuit. Qu'est-ce que tu deviens ?

Moussa raconte à son grand frère. Le Triangle, sa carrière. Mohand l'écoute en hochant la tête, toujours aux prises avec sa tranche de pastèque :

— C'est bien, tu commences à monter, tu vas te faire plein de relations, là-bas.

— Ah oui, et pour ton mariage l'an prochain, je te ramènerai les plus grandes vedettes d'Alger, ils sont tous au Triangle. Au fait, des nouvelles pour... le logement ?

Mohand s'arrête de mâcher et crache une graine :

— Mon dossier est toujours bloqué au ministère du Commerce, sous-direction des affaires sociales.

— Tu connais personne là-bas ?

— Si, je connais le voisin du sous-directeur en question. Il m'a promis de voir, je lui ai même proposé du fric.

Moussa, attendri :

— Je peux t'aider, pour le fric, c'est tout ce que je peux faire.

— Merci, de toute façon, je suis obligé de me marier l'été prochain, Moussa, les parents de la fille ne peuvent plus attendre. Ça fait déjà trois ans qu'on reporte, c'est pas normal, ils en ont marre, je les comprends.

Finissant sa cuisse de poulet, Moussa ose :

— Et... comment ? Tu vas... habiter ici, s'ils te donnent pas de logement d'ici là ?

Mohand pose l'écorce de sa tranche de pastèque parfaitement nettoyée :

— Comment tu veux que je fasse ? Obligé, on se débrouillera, je sais pas moi. J'ai quarante-cinq ans, tu te rends compte ? Je vais jamais me marier ?

Il quitte la cuisine, Moussa finit difficilement son couscous, à l'idée que Mohand se marie et ramène sa femme à la maison. Comment va se transformer tout le bordel, quatorze, non ça fera quinze personnes, et là, ils seront mariés, donc chambre à part ?

Mais comment, y a que trois chambres... pour quinze.

À moins que Maya ou Fella... ou la mémé ?

Sacré merdier, il se perd vite en d'inextricables combinaisons, puis quitte la cuisine, rejoindre la bulle, son souffle.

Dans la chambre, il remarque un autocollant sur le mur, FIS, il l'arrache violemment. C'est sûrement Slimane, lui parler sérieusement à cet abruti. Là, ça dépasse tout : le FIS à la maison ?

Non, non, non.

Slimane rentre dans la chambre, kamis, barbichette, claquettes. Moussa le toise du regard en lui montrant l'autocollant :

— C'est toi qui as collé cette merde ?

Rougissant, Slimane baisse les yeux, Moussa élève le ton :

— Réponds-moi, je te parle !

Sahnoun lève un œil de son roman, puis replonge, indifférent.

Slimane essaye d'expliquer :

— Je... c'est Baïza qui me l'a donné, il m'a dit...

Moussa se met à gueuler franchement :

— Écoute, y a longtemps que je voulais te parler de tout ça, tes fréquentations, les intégristes. Ça alors, Baïza c'est devenu une référence...

Aux cris de Moussa, tout le monde accourt, Z'hor suivie de Nacéra, Ouardia, les gosses. Mohand ne veut pas se mêler. La mémé arrive au secours de Slimane :

— Laisse-le tranquille, ce petit, il fait rien de mal.

Moussa, hors de lui :

— Comment ça : le FIS à la maison ? Mais c'est l'Iran ? Ça va pas ? Dans ma chambre, en plus. Je lui défends de les fréquenter, s'il veut prier il a qu'à rester à la maison. C'est pas avec ces voyous qu'il va piger la religion...

Slimane est rouge de honte. Non ce n'est pas un vrai islamiste en fait, juste un tendre débris social, bourgeon paumé, proie douce et docile.

Moussa n'arrête pas de gueuler, tout le monde sort, Sahnoun semble n'avoir rien vu, rien entendu, toujours dans son bouquin.

Moussa veut jeter l'autocollant par le balcon, puis se ravise. S'il tombait sur les islamistes au bas de l'immeuble ?

Il ne sait plus quoi en faire, il le met dans la poche de son jean déchiré aux genoux, le jeter dehors plus tard, dans une poubelle, discret.

Se ressaisir, il est presque 10 heures, Djelloul vient à 11 heures 30, première soirée, faut assurer. Moussa a imposé Djelloul comme chauffeur, comme ça il entre à l'œil, Bill a dit pas de problème.

Bon, faut se préparer, la grande armoire commune, Moussa choisit difficilement ce qu'il va mettre. Faut bien viser, là, c'est le Triangle, c'est pas La Chésa.

Il opte chemise en soie noire, gilet blanc avec

faux œillet brodé, pantalon bouffant blanc en serge, et les godasses.

Problème, les godasses : il hésite entre les mocassins noirs tressés ou ceux avec l'anneau doré sur le côté. Allez, vite, fait ça à pile ou face, hop ça tombe sur les tressés, on ne discute pas.

Il s'enferme dans la salle de bains, la grande toilette. Moussa remplit la grande bassine avec l'eau du jerrican et se lave le corps en se versant de l'eau avec une écuelle en bronze. Il lave ses cheveux avec ce qui reste du shampooing Dop, 120 balles, trabendo.

Une fois rincés, les plaquer en arrière et couvrir avec une serviette serrée très fort. Laisser travailler le tout dix minutes, c'est ça le look années 50. Il se sourit. Moussa le Pharaon.

Ensuite, rasage de près et vigoureuses frictions d'after-shave Williams, 160 balles, trabendo.

Moussa MASSY la vedette, à deux doigts du miroir cassé en Z, petites retouches, poils du nez, points noirs, sourire blanc, ouistiti sexe, plusieurs fois, c'est Rachid qui lui a appris, répéter plusieurs fois pour les sourires photo.

Laisser travailler l'after-shave, enfiler la chemise, la soie fraîche, c'est riche comme contact. Puis le pantalon blanc, le petit gilet, les souliers plus tard.

C'est le moment des cheveux, le dénouement crucial. Enlever délicatement la serviette, enduire la brosse d'une noix de gomina, et y aller énergiquement, faire pénétrer la gomina dans la chair même du cheveu. Une fois là, prendre le peigne à dents espacées, et doucement sculpter les mèches, les bouclettes. Tout devient brillant, beau, scintillante fantaisie.

Moussa adore ce moment, quand face au miroir, il examine le travail, bouclettes romantiques sur la nuque, bien plaqués en arrière, avec juste deux mini-vagues latérales et un léger accroche-cœur sur le front.

Les yeux, pointe de khôl, il se fixe de trois quarts, éclate de rire, prend des poses, l'étoile d'Alger, c'est qui ? C'est bon, parfait.

Klaxon, Moussa tend un œil par le balcon, c'est Djelloul, doit être 11 heures, faut se magner.

Un bon coup d'Azzaro sous les aisselles, clopes, papiers, fric, clefs, OK. Moussa sort, descend les escaliers en relevant les pans de son pantalon, flaques d'urine.

Dans le hall de l'immeuble, grappe barbue, merde...

Tous le regardent, il empeste la poule, je sais ce qu'ils doivent se dire... À leur hauteur, bref *Salam Alikoum*, aussi bref rendu par la grappe. Changer de tactique, plus se faire remarquer comme ça, on sait jamais.

Djelloul est en costume cravate, le grand jour, il empeste aussi le parfum. Aujourd'hui, il a une BMW. En s'engouffrant, Moussa lui en souhaite une pour lui, de BM.

Ryadh El Feth, restaurants, cinémas, cafés, tout est illuminé, voitures de luxe, femmes exactement comme dans les films. Parking, Djelloul stationne, ils descendent.

Devant l'entrée du Triangle c'est la cohue, filtre sévère. D'abord les adhérents avec carte, puis les bons clients, réservations, tu rentres pas comme ça.

Reluisantes, les nanas sont bronzées à point, tout rutile. Moussa aperçoit Bill à côté de Lounès, le videur. Bill les présente, nouveaux artistes, Lounès mémorise, OK.

Musique à fond provenant de la disco, c'est déjà la foule. Moussa se sent perdu dans le hall, Djelloul le suit. Une nana sort de la disco. Moussa en reste coi, on dirait Kim Basinger, jamais vu une femme comme ça de sa vie. Il en voit une autre, genre top-modèle afro, et une autre, style années 30, long drink à la main, et une autre, et une autre... mais alors...

Chacune aussi belle dans son genre, chacune incarnant à sa manière le délicieux glamour d'Alger.

Des Algériennes, ça ?

À grand-peine, se dirigent vers la gauche, savent plus où aller. Bill est sollicité de partout, pilote les trois salles. À un moment il aperçoit Moussa, lui explique le topo, peut aller dans les loges, ou au club jazz, en attendant son tour de chant, a droit à deux consommations, pour le reste se débrouille. Puis Bill file, happé par une bande de filles et de garçons.

Impossible d'ouvrir la porte du club oriental, trop de monde, musique à plein volume, danseuse du ventre sur piste, pluie de billets sur elle.

Moussa et Djelloul se tentent le club jazz. À peine la porte ouverte, ouf ils respirent. Aménagé Art déco, lumières sensuelles, on se croirait dans un club privé new-yorkais.

Sur scène, l'orchestre, bossa-nova, son feutré, mais c'est Sam et Farid ? Clins d'œil complices.

Moussa et Djelloul se postent au bar, il fait bon, air conditionné, fragrance de classe. C'est pas la cohue, une dizaine de tables sont occupées, quelques habitués au bar, les femmes sont d'une beauté...

Connaisseurs, les clients savourent l'orchestre, applaudissent à chaque chorus. Bill fait irruption dans la salle, direct vers la régie, il monte sur scène murmurer quelque chose à l'oreille de Farid. Clin d'œil à Moussa, puis il sort du club jazz et s'engouffre dans l'oriental.

Moussa explique au barman, nouveaux artistes, consommations, le barman est au courant, deux whiskies, remonter les choses.

Sur scène, Farid entame un blues, c'est dingue, on dirait un Américain, fait pleurer sa guitare.

Moussa se détend, rassure Djelloul, il regarde partout, apprivoiser l'intermonde. Indicatif, c'est l'entracte, les musiciens descendent au bar, les moniteurs vidéo diffusent des concerts de jazz.

Farid et Sam rejoignent Moussa, suivis de Karim le batteur et de Youcef le bassiste. Ça discute musique, quarte diminuée, treizième augmenté. Sam est plus rond, il boxe Moussa de tendresse. Ils sont tous contents pour Moussa, ça va aller ici, Rachid doit venir tout à l'heure.

Minuit et demie, jeter un coup d'œil, les loges, se préparer, sur scène dans une demi-heure.

En jouant des coudes, ils rejoignent les loges très spacieuses, miroirs, chaises, une quinzaine de personnes, danseuses, musiciens, groupies.

Mahmoud Aziz, le doyen, le met à l'aise, il le présente à tous, on lui tend un verre. Moussa reconnaît des têtes, Cheb Khaled, entré, juste passer une tête, doit bœufer tout à l'heure.

Ouais, c'est le gratin, des musiciens de la télé, pratiquement tous les chanteurs et chanteuses sont des vedettes très connues, déjà sorti des disques, des cassettes.

Le whisky coule à flots, tout le monde est impeccable, nœuds pap, souliers vernis. Abdallah le bassiste-dandy joue au poker avec Nourdine-Chameau, le guitariste, 500 dinars la mise. Tiens Abdelkader Chaou, le grand chanteur chaâbi, il boit du jus d'orange ?

Moins cinq, c'est à Bibi, le grand moment. Précédé des musiciens, Moussa se concentre, mettre la patate.

L'orchestre entame le prélude, l'animateur l'annonce et Moussa Massy fend la foule jusqu'à la scène, sous les applaudissements.

Mort de trac, il prend le micro en clignant des yeux sous les lights, pas l'habitude. À la reprise, il démarre, c'est super, il s'entend très bien, la sono, les retours. L'orchestre sonne comme une Rolls, intelligents, finesse, répliques, volume, tout est bon. Moussa s'envole au deuxième morceau, *Avava Inouva*, d'Idir, version reggae, comme ils l'ont répétée l'après-midi.

Sous le *pulse* de la basse, Moussa laisse aller sa voix libre et rauque, ça balance. On commence un peu à danser sur la piste, sinon on observe, nouveau chanteur, voir ce qu'il donne.

Troisième morceau, *Ayadho*, de Rabah Asma. Mahmoud Aziz fait un effet de vent aux synthé, Moussa exulte. Martelant chaque temps du pied, il entame le refrain. Sur la piste, c'est le délire, les nanas sont en transe, un mec vient lui fourrer un billet de 200 dans le col de sa chemise.

Enchaînement, le tube mortel, *Way Thelha* de Takfarinas. Moussa sort toute la pastèque, il danse avec le pied de micro, tombe à genoux au refrain, incite le public à taper des mains et met le feu aux musiciens.

Moussa est déchaîné, c'est la sixième fois qu'il reprend le refrain. Vieux requin, Mahmoud Aziz lui fait chaque fois un clin d'œil, allez encore une fois !

À la fin du morceau, crépitante ovation, yous-yous, des chanteurs sont même sortis de la loge, pour voir, ouais, sacré bon numéro ce petit, comment il s'appelle déjà ? Massy Moussa ? Ah oui, vraiment pas mal !

Son carnet dans ses mains, Bill est tapi dans un coin, il lève le pouce en direction de Moussa.

Calmer les esprits, *Hula Hoop* d'El Hasnaoui, tendre calypso chaloupé. La basse balance, Moussa sent le goût des cocotiers sur sa langue, les années 50, eh ouais, mon frère... Sa voix est pleine, ronde, elle emplit la salle à travers la sono, aérienne et sûre.

Les billets de 200 pleuvent, c'est les étrennes. Après on partage égal entre les musiciens et le disc-jockey, il a droit à une part. Au fur et à mesure que ça tombe, chacun fait le compte dans sa tête en jouant, t'en fais pas.

Un client donne carrément 2 000 dinars à Moussa pour une chanson, *Zwits Erwits*.

À la vue des 2 000 balles, Mahmoud Aziz lance tout de suite l'intro. Moussa rentre dans le chant, belliqueux, hymne parallèle berbère. Des femmes se mettent un foulard autour des hanches et dansent kabyle.

Moussa fait monter la tension, improvise des variations, explore des gammes, fricote avec le délire. Ils reprennent le refrain pour la dixième fois, les billets tombent, recouvrant toute la scène.

C'est fini, Moussa descend, vanné, on le félicite, il voit trouble, respirer, les loges. L'animateur annonce le grand illusionniste Bouras et sa charmante assistante, Nadia, que tout bon fréquenteur de boîtes s'est déjà...

Dans les loges, un peu d'eau, se débarbouiller, danseuses à poil se préparent, le turbin, Bill fait irruption, son stylo entre les dents.

Il félicite rapidement Moussa puis s'adresse à la chanteuse constantinoise, c'est tout de suite pour toi, Amel, juste après Bouras, OK ? Puis il disparaît.

Moussa se détend, monde fou, c'est l'usine, à boire, à boire, à boire. Au moins deux cents bouteilles de whisky par soir pour les trois salles.

Tiens, Djelloul ? Il s'était volatilisé, perdu à zoner avec des gens, à boire, papoter. Il lui passe un bout de joint. Moussa l'allume, il se sent mieux, calme, le repos des dieux, eh c'est ça la vie.

Pas loin de 3 heures du matin, changer de secteur, allez, on va au jazz ou à la disco. Ils quittent l'oriental plein à craquer, juste en face c'est la disco, allez en avant.

Le beat massif prend au bas-ventre, dès qu'on ouvre les portes de la disco. Les lumières font le reste, la magie, le charme, glamour, glamour.

Clientèle très *tchitchi*, gosses de riches, de généraux, nanas lookées branchées schschsch, Algerian Graffiti. Musique top hits des best pop charts, bon Dee Jay, Samir, tchatche bien au micro, met de l'ambiance.

Deuxième consommation, Moussa et Djelloul vont au bar. Tiens, le barman c'est l'émigré de l'après-midi, salut. Moussa commande deux whiskies. Le barman les sert à ras bord, clin d'œil, c'est sympa merci, les glaçons roulent dans les verres. Juché sur son tabouret, Moussa scrute, mate, reluque, les looks, les têtes, le mouvement.

Bill débarque, il est formidable Bill :

— Alors Massy ? Tu sais, vaut mieux t'appeler

Massy tout court, je pense. C'est plus facile, et puis ça sonne américain, tu vois ce que je veux dire ?

Moussa, les yeux brillants :

— Cinq sur cinq, j'avais pensé à ça. D'accord, je vais voir ça avec Rachid. Il vous connaît, je crois ?

Bill :

— Tu peux me tutoyer, je préfère. Rachid ? Ah oui, c'est un bon gars, il fait du bon boulot. Faudra changer le poster devant la porte. Oh faut que je me casse. C'est l'entracte au club jazz. Prenez deux verres, c'est pour moi.

Tactile et vif, il file, Bill, disparu dans la foule. Moussa est content de le connaître, vraie valeur d'homme, ça.

Oui, MASSY tout seul. Terminé, on change, y en a marre de Moussa Massy.

C'est vrai, MASSY c'est... frais, soyeux, parisien, américain, ouais, au placard Moussa. Vive MASSY.

Même Djelloul fait signe qu'il est d'accord, en prenant son nouveau verre rempli à ras bord.

Moussa happe le sien, ouais tu vois, c'est vraiment là que l'histoire démarre. C'est l'histoire d'un chanteur qui arrive. Voilà : qui arrive !

Moussa éclate de rire, nom de nom, mais putain mais c'est vrai ?

Le Triangle : il y est. La vedette de la chanson kabyle moderne ! Revoir l'affiche, mettre MASSY, tout seul, en grand, et peut-être en rouge, voir avec Rachid.

Tiens le voilà, le coco, bonnet africain, Rachid, saroual blanc avec Lynd', ressemble à...

Embrassades, Rachid a tout vu, le tour de chant de Moussa, le triomphe, il était tapi au fond de l'oriental. Ils discutent de l'affaire MASSY, enlever Moussa.

Rachid voit bien la chose, il pensait ça aussi. MASSY c'est plus média, plus cible. OK, revoir le poster, deux jours de boulot, MASSY en bleu.

Non, pourquoi pas en rouge, c'est plus rentre-dedans, plus sensuel. Rachid cède, d'accord mais faut tout revoir, le concept de base... Mais ça peut se faire, sans problème.

Rachid propose de finir la soirée au club jazz, il a une demi-bouteille de scotch, là-bas. Tout le monde se lève, changer de salle. Près de la régie, la table de Rachid, la meilleure place, derrière les baffles.

Sur scène, l'orchestre entame un swing très rapide, truffé de syncopes. Moussa capte l'adresse des musiciens, Farid à la guitare, Sam aux percus, Mustapha aux claviers, et Youcef à la basse.

Ambiance cool, clim à fond, tout se délecte à point.

Djelloul, Moussa, Rachid et Lynd' trinquent au succès de Moussa.

Puis c'est le bœuf général, Malek prend le piano, Ahmed la basse, Mourad la batterie, Hocine la guitare, autre formule. Morceau suivant c'est Bill lui-même à la guitare, avec Arezki à la batterie, l'autre Farid à la basse. Bon bassiste, Farid.

À la fin du morceau, Bill annonce Mahfoud, le

célèbre chanteur des Algier's, il monte chanter *My Way*, ovation remarquée.

Sans arrêt, on monte, on descend de scène, tous très bons musiciens, la crème d'Alger. Respect, Moussa, pour la musique, respect. Il ouvre grand ses oreilles, il apprend.

Bien pété, Moussa regarde le poster de Billie Holiday derrière le bar, en noir et blanc. Il a l'impression qu'elle lui sourit à lui tout seul, comme si elle savait que...

Il n'en revient pas encore : Le Triangle...

Superbes yeux noirs, bouche à ravager de baisers, dans l'embrasure de la porte. Mais c'est Wahiba, la fille Méziani ?

Ouh la la, bien roulée la pépète, elle lui fait signe, Moussa se lève et va vers elle, Djelloul voit tout.

Moussa est obligé de se pencher pour l'entendre, à cause de la musique. Le nez contre ses seins parfumés, il l'écoute. Elle l'a vu chanter tout à l'heure, oh, elle le trouve formidable. Conversation agrémentée d'œillades de feu, de rires perlés. Wahiba est bronzée miel, des joues d'oranges, pure pouliche arabe.

Moussa bande immédiat, sa raison flanche, le scotch, le shit. Il bande, Wahiba tout de suite, elle est là, ouverte, humide, mais vas-y putain !

Lui demandant du feu, Wahiba, canaille :

— Tu vois, j'ai besoin de feu. Je suis comme une cigarette, j'ai besoin de feu pour vivre.

Moussa direct :

— Oui, mais... où ?

Collée à lui, femme malice, tresseuse de ruses :

— Tu es venu avec Djelloul, je crois. La voiture, elle est au parking, non ?

Moussa bande de plus belle, le parking, mais oui. Il va vers Djelloul, les clefs de la bagnole, truc à régler, deux minutes. Rachid sourit, Moussa sait qu'il a compris, même Djelloul, d'ailleurs. Mais lui, c'est autre chose.

Les clefs dans la main, suivi de Wahiba, Moussa se dirige vers le parking en bandant, salut au videur au passage.

À peine dans la voiture. Moussa lui saute dessus, l'embrassant partout.

L'ombre des yeux de Fatiha plane en lui et le gronde. Mais non, c'est pas pareil, c'est juste de la viande. Moussa est quand même perturbé.

Wahiba le détend, sinueuse, elle descend sur lui, ouvre sa braguette et le suce très lentement. Mais putain mais c'est ça ? Oui, c'est ça, c'est ça... Dieu.

Non mais, je déconne pas, c'est ça ! Voilà enfin Dieu.

Wahiba promène sa langue sur le gland bien rose, elle l'engloutit jusqu'à la garde. Il l'arrête, la soulève par-derrière et la pénètre violemment. Elle râle de jouir en criant « doucement mon frère », en arabe. Moussa la rejoint tout de suite, en grognant très fort en kabyle, Wahiba le caresse et l'apaise, il se sent bien.

Retour au Triangle, ni vu ni connu, ciao à

bientôt. Moussa rejoint Rachid et les autres. Un dernier verre, il se sent cassé, près de 5 heures du matin, ouais, bien cassé.

Belle tablée, tous les musiciens, sur les écrans vidéo B. B. King chante. Vers 5 heures 30, on ferme, rendez-vous au Terminus.

Tout le monde se retrouve là-bas, en fin de soirée.

C'est près de la gare routière, bus longs trajets, Alger-Constantine, Alger-Oran.

Le café ne ferme jamais, c'est connu. Une vingtaine de paumés dorment à même les tables, en attendant les premiers bus. Permissionnaires blafards, ruraux retournant au pays, raté le coche à Alger, pieds nus, en loques, avec juste de quoi se payer le billet retour.

Quand les gens de boîtes arrivent, ça contraste. Grande odeur de parfums et d'alcools, smokings de traviole, cravates fatiguées, danseuses mal démaquillées. Douze sandwichs fromage, six au poulet, vingt-deux cafés au lait et sept jus de citron.

De la terrasse, on voit le port d'Alger, les entrepôts, les docks. Au fond, la baie, la belle, la célèbre d'Alger, claire et ronde.

La ville s'éveille en bâillant, les gens déjà au boulot, premiers embouteillages, les rues s'animent. Moussa termine son deuxième sandwich fromage en riant d'une blague de Sam. Huit heures trente, ciao, tout le monde se casse, régler l'addition, à ce soir, bye bye.

Moussa rentre avec Djelloul, petit soleil très

chaud, ça va taper aujourd'hui, déjà le mois d'août, comme ça passe...

Djelloul dépose Moussa devant chez lui, poubelles, mouches, gosses, chaleur, islamistes déjà en faction devant les cages.

Moussa met ses lunettes noires, rien voir, il fonce, gravit les escaliers et plonge dans son lit.

3

L'été se passe ainsi, tous les soirs au Triangle, et les samedis à la plage avec Djelloul. Quelquefois il prend Maya et Fella, les grandes frangines ont honte, elles veulent pas venir, tant pis pour elles.

Au Triangle, ça baigne tranquille, maintenant. Moussa assure sans problème, vraie vie facile, fric à gogo, parfums, chemises de soie, défilés de mode grand chic, concerts de jazz à la salle Ibn Zeydoun.

Standing oblige. Moussa se fait voir régulièrement dans les plus grands restaurants de Ryadh El Feth, salut oui c'est moi, la vitrine. Commence à connaître du monde, vrai beau linge, racés, proches du pouvoir, fric fort, bras très très long.

Djelloul lui a même dit qu'à ce train-là le logement va arriver en quatrième vitesse. Chut, chut, lui a dit Moussa, attends encore un peu.

La semaine dernière, un journaliste lui a fait un excellent article en pleine page dans le *Nouvel Hebdo*, du sérieux : « rien à voir avec Takfarinas », enfin des vrais journalistes !

Mois d'août, 40 degrés à l'ombre. Mer et Soleil sous le gril, coupures d'eau, poubelles, gosses, cafards, pénuries de tout, islamistes à ronger les murs de rage.

Moussa se masque le cœur, se blinde les sens, plus rien ne le touche, que chacun aille se faire enculer.

C'est bien clair ?

Un soir, Moussa cherche son petit miroir Elvis Presley. Dans le salon, la télé algérienne qui braille.

Les infos, en quête de son miroir, Moussa écoute, oreille nonchalante. « Saddam Hussein a envahi le Koweït, branle-bas de combat, les Occidentaux protestent énergiquement... » qu'est-ce que c'est que ça, encore ?

Odeur de guerre mondiale, menace nucléaire, les barbus activent d'hystérie, meetings, marches, mmm... ça sent mauvais.

Son miroir retrouvé, il se bouche les oreilles, les yeux, veut rien savoir, avancer.

Depuis qu'il est au Triangle, Moussa s'est fait beaucoup de relations. Bill lui a même présenté le directeur général de Ryadh El Feth, le colonel Denoudi, homme de culture, très distingué.

C'est toujours belle foule à la table du colonel, gens puissants, superbes femmes, artistes, Cheb Khaled, Djamal Allam, Safy Boutella. Ils ont tous félicité Moussa, ça faut reconnaître.

Un après-midi, Moussa a emmené Fatiha visiter Ryadh El Feth, lui faire voir le Triangle. Il lui a expliqué le matos, les jeux de lumière, Fatiha était émerveillée.

Quand il l'a embrassée furtivement au cou dans le hall, elle s'est cabrée, le rouge aux joues :

— Ça va pas, Méziane ? Et si quelqu'un nous voyait, mais tu es fou ?

Moussa aime devenir fou.

En sortant du Triangle, ils croisent Bill et sa nana, Yasmine, adorable brunette, bouille de brebis de lune, bosse à la radio, chaîne française.

Bill les invite à prendre un verre, terrasse de l'Épi d'Or. Arrive Abdallah le bassiste, s'invite en bâillant, très mal dormi.

D'une langue molle, il parle à Moussa, vague producteur, un mec de Bab El Oued, intéressé par Moussa, voudrait le rencontrer. Mais faut attendre septembre, le producteur est en Espagne, en ce moment. Abdallah lui file ses coordonnées, en reprenant un double café.

Producteur ?

Moussa trépide de joie en silence, Yasmine et Bill lèvent leurs verres, félicitations !

La datte sur le gâteau, exactement ce qui manquait à l'édifice. Les yeux mi-clos, son regard fixe un point dans le vide, en caressant doucement les cheveux de Fatiha.

Moussa le lion respire profond.

Non, ne pas se contenter, pas encore, quand tu feras des concerts de quarante mille personnes, là oui, tu peux dire...

Et même, c'est ailleurs que ça se passe, oui l'Europe, les États-Unis, oui, c'est ça la classe, quand on voit ta bobine partout, télés, tee-shirts, quand tu fais des clips, là tu peux commencer à dire vraiment : messieurs, bonjour.

Mais au fond de lui, Moussa est content, quand même un peu...

*

Septembre arrive, premières feuilles mortes, fait encore très chaud, les plages sont pleines, les vrais connaisseurs, les criques.

Partout dans le pays, grèves des enseignants, des éboueurs, des dockers, l'islamisme étouffe tout.

On les voit tous les jours à la télé, Abassi Madani et Ali Benhadj, fin du monde, État islamique.

Fin septembre, Moussa se décide à téléphoner au producteur, il s'appelle Lahbib, rendez-vous à Bab El Oued à 18 heures.

Djelloul le dépose devant le square Port-Saïd en 4L. Durant tout le trajet, le moteur hoquète, forte odeur d'essence, doit lui changer le vilebrequin, paraît qu'ils en vendent au marché noir à Saint-Eugène.

Moussa longe le boulevard du front de mer, la grande mosquée Ketchaoua au fond sur sa droite. Il prend vers la gauche, les faubourgs, Bab Azoun, rues à arcades, porches décorés cariatides.

Place des Martyrs, la basse Casbah, il débouche sur l'ancien café Malakoff, le Cotton Club de la musique algéroise d'après-guerre. Pure curiosité, il s'approche, une vieille plaque existe encore : « Café Hôtel Restaurant du Duc de Malakoff. » Qu'est-ce que ça a dû être... belles femmes en ombrelle, messieurs en haut-de-forme, queue-de-pie...

Aujourd'hui : parpaings, jus de citron, mouches, ruines...

En hâtant le pas, il se retrouve à Bab El Oued. Incroyable, ce que ça a changé. Poubelles, gosses, barbes, kamis, comme toute l'Algérie, format national standard.

Derrière les Trois Horloges, Moussa cherche un magasin de cassettes, éditions Pacific. Lahbib produit le gros des succès du moment, raï, kabyle, tout, pourvu que ça marche.

Le caissier lui dit que Lahbib est au café du coin. Moussa s'y dirige, ordures par terre, gosses qui fouillent dedans, gandouras, barbes, kamis, claquettes.

Versets du Coran, larsen, hauts-parleurs de la mosquée Essounna, juste derrière.

Café terne, mouches sur les sucriers en plastique sans couvercle. Vieux poster déchiré, équipe de foot, la nationale des temps jadis, la glorieuse, coupe du monde 82, Merzekane, Assad, Madjer, Belloumi, 2 à 1 contre l'Allemagne.

Le garçon lui indique Lahbib, de dos, à une table avec deux mecs, vaguement islamistes. Chaleur gluante, Lahbib est petit, grassouillet et chauve, épaisse moustache, chemisette ouverte sur une grosse chaîne en or.

Il reconnaît Moussa et l'invite d'un geste à sa table.

Lahbib est en tongs, il se fait les ongles des orteils du pied gauche :

— Alors, ça va ? Abdallah a dû te parler, je t'ai vu chanter au Triangle une fois. Ben mon ami, quelle voix ! T'en fais pas, Lahbib va s'occuper de toi, tu as une grande carrière devant toi, c'est l'autoroute.

Les deux mecs se lèvent, l'heure de la prière. Passant aux ongles du pied droit, Lahbib :

— Ça va être du billard, j'en suis sûr. Avec ta voix... Dis-moi, tu composes ? Tu as des paroles, des trucs à toi ?

Moussa, désolé :

— Non, mais...

Lahbib, reniflant ses doigts boudineux :

— C'est rien, tonton Lahbib va te prendre un compositeur, un parolier, un arrangeur et hop c'est bouclé, cinq mille exemplaires au début pour tester, après on voit, OK ?

Moussa essaie de placer sa stratégie, Miles Davis, Prince, etc. Mais Lahbib n'a jamais entendu parler de Prince, ni de quoi que ce soit...

— ... c'est-à-dire quelque chose de différent...

Lahbib :

— Oh, mon ami, mais tu es un angoissé, toi ! Fais-moi confiance, j'ai le nez pour ces choses, moi. Écoute, on se voit vendredi au studio des frères Tarki, tu me places une voix témoin et tu laisses faire les pros. Dans un mois tu rentres au hit-parade de Local Rock.

Émission phare de la radio, Local Rock, baromètre du show-biz algérien. Hit-parade, nouvelle musique algérienne, Madonna en arabe, reggae en kabyle. Moussa l'écoute souvent, comme tous les gens du métier, se tenir au courant. Bien sûr, il a toujours rêvé de figurer dans le hit-parade...

Lahbib lui pique une cigarette :

— Bon, on fait comme ça ? Détends-toi, tu as une belle voix, une belle gueule, c'est tout ce qui compte...

Au comptoir, le garçon cherche une station sur un crépitant poste-radio.

Moussa se bouche une oreille :

— C'est-à-dire... je voulais juste... pas comme tout le monde...

Lahbib, se grattant la panse :

— Quoi, tu fais pas confiance ?

Le garçon a trouvé sa station, chant égyptien, Farid El Attache ? Abdelhalim Hafez ?

Impossible de savoir tellement ça ronfle.

Moussa corrige :

— Sauf ton respect ! Non, non, tu es très connu dans le milieu, Lahbib. Excuse-moi, je connais pas très bien comment ça se passe. Bien sûr que je te fais confiance, mais j'aime bien le travail de qualité...

Remuant le sucre dans sa tasse avec son briquet, Lahbib :

— Ça c'est mon affaire. Toi, tu chantes, ensuite

tu laisses faire les doigts d'or de Lahbib aux commandes, hein ? Tout ira bien, beau gosse...

— Et pour le titre, j'ai pensé *Zombretto*, ça fait...

— Ah oui, pourquoi pas ? *Zombretto* ? Ah t'es un spécial, toi. Mais te casse pas trop la tête, hein ? Laisse faire Lahbib.

Le cœur équivoque, Moussa revient vers Mer et Soleil, gorgé de rêves. Juste à la montée de la cité, klaxon, c'est Djelloul, Moussa grimpe. Djelloul mange un sandwich en conduisant. Contrôlant sa mise avec le petit miroir Elvis Presley, Moussa lui annonce, producteur, enregistrer vendredi, studio, Local Rock. Djelloul s'arrête de mastiquer et hulule de joie, mais ça y est, putain, tu es arrivé !

Une fois chez lui, il téléphone à Rachid, annonce l'affaire. Rachid propose tout de suite, stratégie d'action, séance de travail avec les meilleurs musicos d'Alger, bien gérer les directions d'arrangements, de mixage, soigner les textes, la jaquette, tout quoi. Et les posters, oui, définir les circuits d'affichage, mettre un bandeau : « *Zombretto* : nouvel album », même si ce n'est que le premier, les gens savent pas.

Du Rachid pur sucre.

En raccrochant, Moussa danse de joie, il prend Maya et la fait sauter dans ses bras jusqu'au ciel. La mémé passant dans le couloir le regarde d'un œil convexe, pas normal d'exprimer la joie comme ça.

La même joie qu'au foot, il y a vingt ans, quand on m'avait admis comme cadet au NAHD, avant-centre titulaire. Oui, humide et lumineuse, la même joie. Pleine d'odeurs d'autres lieux, d'autres temps. Mon premier match officiel, souliers à crampons, bas rayés bleu et blanc, cuissette bleue, maillot bleu et blanc, frappé au dos du numéro 10.

Z'hor avait tout repassé la veille, pas pu fermer l'œil de la nuit. Au petit matin, Mohand m'avait accompagné au cercle du club, les dirigeants, les joueurs, les supporters, les bus moteur en marche. C'était au stade El Annasser, contre la redoutable équipe du Mouloudia d'Alger. J'avais marqué un but, le seul de la partie, l'entraîneur m'avait porté sur ses épaules, tour du stade sous les applaudissements.

Les jours suivants, Moussa et Rachid affichent eux-mêmes les posters, scotch, ciseaux, suivant le plan d'action. Partout, sur des murs en vue, vitrines de marchands de cassettes, de librairies, de salons de thé, à l'École des beaux-arts. En tout, plus de quatre cents exemplaires.

Au Triangle, Moussa annonce la nouvelle aux copains, aux musiciens, tout le monde est content pour lui, bravo Moussa, tu iras loin, toi, tournée générale !

Longue discussion avec Bill, conseils, prise de son, inversions de phases, faire gaffe, mixage toujours de bon matin à jeun d'alcool et de shit, pas déconner.

Pendant son tour de chant, Moussa éclate, léopard berbère, il bondit sur scène, les lights, la musique, la vie. Moussa MASSY, le tabac, clients survoltés, reprend le refrain pour la quinzième fois, les mettre à genoux, leur montrer.

Au coin du bar, Bill apprécie en hochant la tête, Moussa se déchaîne en le regardant dans les yeux : ça c'est ce qu'on appelle un triomphe !

*

Quelques jours plus tard, il est invité à un vernissage, galerie Frantz Fanon, à Ryadh El Feth. Le peintre s'appelle Ferhat, commence à être connu, articles dans la presse, émissions à la télé.

Moussa se dit qu'il passera jamais à la télé algérienne, pour la simple raison qu'il parle pas arabe.

Du moins pas cet arabe de béton coranique, officiel, guindé, étranger à sa culture.

L'arabe des rues, aucun problème, Moussa jongle avec, le Chaâbi, la Casbah, les quartiers populaires, vraie crevette algéroise.

Mais cet arabe de la télé, du pouvoir... c'est pas pareil. Même distance, sans déconner, entre le bas-latin et le français d'aujourd'hui.

Pas loin de 16 heures, galerie pleine de monde, intellectuels, artistes, critiques, beaucoup de nanas.

C'est bien, la civilisation c'est quand des mecs et des nanas évoluent ensemble, simplement, sans trop de...

Moussa reconnaît des têtes. Ferhat vient vers lui

et le présente à des gars du RCD, tout nouveau parti politique, Moussa aime bien. Surtout leur leader Saïd Saâdi, lui c'est un vrai.

Ambiance berbérisante dans la salle, expo parallèle de bijoux, livres berbères. Il y a même le colonel Denoudi entouré de sa papillonnante cour.

Après avoir fait le tour des toiles, Moussa se fait vite chier, rien compris, pas du tout son kif l'abstraction picturale, préfère les paysages, les posters modernes.

Ferhat l'entraîne avec deux amis chez Yoyo juste à côté, prendre un verre. Les deux amis, Aomar et Mokrane, profs à l'université, berbéristes de gauche.

Ferhat invite, quatre bières :

— Santé !

Mokrane lève sa chope :

— À notre civilisation millénaire, bafouée par l'impérialisme arabe !

Oh, ça démarre vite, là, Moussa rentre dans sa bière.

Mokrane continue :

— Oui, c'est nous les Sioux d'Algérie, les Kurdes du Maghreb, les Irlandais du monde arabe, parqués sans droit de culture. Putain, quand tu penses que nous les Berbères, on était là avant tout le monde...

Ça c'est vrai, Moussa acquiesce en silence.

Ferhat relativise :

— Oui, mais faut pas rigoriser, quand même, y a des vérités géostratégiques.

— Quoi ? Qui c'est qui rigorise ? C'est eux, c'est

les Arabes ! C'est eux qui disent : rigoureusement interdit. Ils ont qu'à nous donner notre terre, le sang de nos ancêtres...

— Là, je suis pas d'accord, je suis pas pour la sécession, trop de choses dans la marmite.

— Oui, mais y a des nuances, sans aller jusqu'à la sécession. Tu as la régionalisation, la fédération, regarde la Suisse, les États-Unis...

Aomar sifflant son verre :

— Eh bien moi, je suis pour la sécession ! Rien à voir avec ces rats d'Arabes, c'est de la merde...

Ferhat :

— Ah, là, on appelle ça le racisme...

Mokrane :

— Quoi ? Attends, attends. Dis-moi franchement, Ferhat, minimalement, dans les yeux : tu as quelque chose à voir, toi, avec un Arabe ? Avec un islamiste ?

— Posé comme ça, c'est... mais y a l'histoire, et puis on est algériens avant tout, oui ou non ?

Aomar, une olive entre ses doigts :

— Faut pas tout mélanger. C'est vrai, on est algériens, le problème n'est pas là. Mais en fait, ça veut dire quoi être algérien ? Arabe ? Eh ben non ! Parce que personne, ni Ben Bella, ni Boumedienne, ni Chadli n'ont reconnu l'exception berbère comme nervure constitutive de la personnalité nationale, personne !

Mokrane rigorise :

— L'Algérie est une nation arabo-musulmane, c'est dans cette putain de Constitution, non ? Ils ont tous nié la berbérité. Pour eux c'est juste un petit dialecte local, de l'artisanat, du folklore. Qu'est-ce qu'il en pense, le frère ?

Tous se tournent vers Moussa :

— Euh... dans la chanson je crois qu'il y a pas trop de problèmes, mais...

Ferhat :

— Il a raison, en fait c'est grâce à la chanson que la cause berbère s'est faite entendre dans le monde. Grâce à Idir, surtout.

Tout le monde en convient, oui, grâce à Idir, dans les années 70.

Mokrane cuve sa rage :

— Ils nous ont jetés en prison chaque fois qu'on leur a dit : regardez-nous. Alors maintenant on va se servir tout seuls. On va libérer les images des grands Berbères, saint Augustin, Septime Sévère, Apulée...

Ferhat, en montrant Moussa .

— Et Massinissa...

Moussa rougit de plaisir, Aomar pose sa main sur son épaule :

— Ah oui, MASSY, ça c'est un nom ! C'est comme un bouclier, tu sais il nous reste que la culture... on compte sur toi, sur vous les artistes, vous êtes notre terre la plus fertile.

Moussa se sent investi d'une lourde tâche, c'est vrai qu'il est berbère, mais pas... berbériste, parce que la politique... pas trop se mêler, ça lui rappelle l'histoire de Sahnoun, c'est comme ça qu'il a fini autiste.

Mais au fond, ils ont raison, pourquoi, comme ça, les Kabyles, toujours écrasés...

*

Un vendredi après-midi, Djelloul dépose Moussa à Kouba, studio des frères Tarki, dans le garage d'une grande villa. Lahbib est là, avec les deux frères, en train de mixer un morceau de raï, produit par Lahbib.

Moussa se poste dans un coin, observer, le boulot, le matos, les synthés, les lumières qui clignotent. Ouais, quand tu passes au stade du studio c'est autre chose, tu t'ouvres une autre page de toi, c'est le test vrai, tu te multiplies, le grand public.

Dix minutes plus tard, c'est le tour de Moussa. Lahbib lui sort des textes gribouillés sur un vieux carnet à spirale. L'un des frères Tarki lui fredonne les mélodies en s'accompagnant d'une guitare.

Moussa ne se sent pas très chaud, ça sonne plouc, pas du tout comme ça qu'il...

Lahbib l'embobine, c'est rien, après tu vas voir au mixage, tu vas plus te reconnaître, la réverb, les effets. Les frères Tarki se mettent de la partie. Mais Moussa se rebiffe, il insiste pour placer un titre, sa propre version reggae d'*Avava Inouva* d'Idir. C'est nouveau, personne ne l'avait fait avant lui.

OK, ils lui concèdent le titre, pourquoi pas, oui c'est nouveau, faut reconnaître.

Essais de voix, casque, on lui met une batterie témoin, Moussa essaie de placer sa voix nue.

Lahbib :

— Les sept morceaux en deux heures, c'est tout ce qu'on a comme temps, mon mignon.

Moussa refuse, enlève le casque, veut d'abord travailler les morceaux tout seul, apprendre les textes, les mélodies : sept titres en deux heures, ça va pas, non ?

Lahbib fulmine :

— Écoute, tu veux me niquer ou quoi ? J'ai réservé le studio exprès, c'est du fric, ça !

L'un des frères Tarki le calme :

— Bon, laisse, Lahbib, il a raison. Je vais lui enregistrer les mélodies sur une cassette et demain on reprend. Pas de supplément, c'est promis, c'est tout pour nous.

Lahbib remercie, Moussa aussi, c'est mieux comme ça, putain !

Rendez-vous demain même heure.

La cassette dans sa poche, Moussa file chez lui, des ailes au cœur. Il bondit en montant les escaliers, sous le regard ahuri des gosses.

En chantant dans sa tête, il rentre dans sa chambre, Sahnoun est toujours plongé dans son SAS.

Aujourd'hui c'est relâche au Triangle, Moussa prend son mandole, son Walkman, du shit, et sort derrière l'immeuble, face à la baie. Derrière lui, les poubelles.

Toute la nuit, joints, retour en arrière, compter les temps, apprendre les mélodies, les textes, très simplets. Il essaye d'enjoliver, de trouver des variantes, donner corps à la chose. Après trois heures de boulot, ça commence à donner, à prendre chair.

Il reprend les sept morceaux d'affilée, filage sans s'arrêter, comme s'il était au studio.

Amusé, il trouve même des transitions, les idées dansent dans sa tête, astucieuses trouvailles, les proposer, les convaincre.

La nuit est grosse d'étoiles, ça sent l'iode, la mer en face. Moussa se retourne, autour de lui, en cercle, une vingtaine de gosses poubelles, jeunes paumés, les yeux luisant dans le noir.

Ils ont écouté Moussa tout le long, pendant qu'il gueulait sous son casque.

Barbe kamis, Spartacus se lève et applaudit, il lui demande timidement une chanson, *El Herraz* de Guerrouabi. L'âme volontiers bohème, Moussa entame cette vieille ballade algéroise, pleine de jasmin et de magie, de sortilèges et de belles.

Rappelle le bon vieux temps, la guerre d'Algérie, les années 60 en noir et blanc, matchs de foot inter-lycées, premiers printemps d'amour à quinze ans, filles de coopérants français, blondes, taches de rousseur, dans les épicées nuits de ramadan, menthe et cumin, eh oui le bon vieux temps.

Ça me fait penser à Mouloud, le grand frère, mort au champ d'honneur, devait avoir dix-huit ans dans ces années-là, le bel âge, a dû bien vivre, putain, lui, les Vespa, les boums avec les pieds-noirs, les crevettes de Fort-de-l'Eau, l'anisette après les retours de plage à la terrasse du Coq Hardi.

Tout a foutu le camp, vu des photos de lui à l'époque, vrai don juan, souliers blancs, pantalon cintré, moustache fine, cheveux gominés, devait faire fureur dans les bals, la fête des oranges à Boufarik, la fête des cerises à Miliana.

Maintenant plus d'oranges, plus de cerises.

Une lèpre s'est abattue sur l'Algérie, aujourd'hui, quelque chose s'est cassé à jamais.

En soupirant, Moussa se lève malgré l'insistance de son public, il les quitte en les saluant de son mandole.

Le cœur plein de douce nostalgie, il rase les murs, monte chez lui et s'endort, la tête pleine d'années 60.

*

Le lendemain, même heure, il est chez les frères Tarki, Lahbib est là, nez rouge, l'air bien enrhumé. Salutations, petit café, Moussa discute le coup, Lahbib lui éternue sur sa chemise :

— Excuse-moi, j'ai chopé la crève, ouais, j'ai dormi torse nu hier soir, courants d'air.

Moussa essuie sa chemise :

— C'est rien. Bon, on peut commencer ?

Les frères Tarki branchent le matériel, essais de micro, très bien, on peut y aller.

Batterie témoin dans le casque, Moussa place sa

voix, OK, on y va, métronome, deux mesures à blanc.

À part le premier morceau, il boucle tous les autres l'un après l'autre, d'une seule prise, il glisse même quelques nuances qu'il avait travaillées la veille.

À la fin, ils en restent pantois, l'un des frères Tarki :

— Chapeau, mon vieux ! D'une seule prise, rarement vu ça, tu vas aller loin, toi !

Entre deux éternuements, Lahbib se frotte les mains et pique une cigarette à Moussa :

— Voilà, dans une semaine c'est réglé. Je le savais, moi, dès le début, quand je t'ai vu chanter. Tu vas devenir la plus grande vedette d'Algérie. Bon, maintenant que tu as placé ta voix, laisse-nous faire, je te rappelle quand tout sera bouclé.

— Et les musiciens, qui c'est ? Je connais des gens qui...

Lahbib, bon enfant :

— T'en fais pas, je te dis. Oh, tu es un casse-pieds, toi ! De toute façon, dès que le master est prêt, on l'écoute ensemble et si ça te plaît pas, on change, pas de problème. Ça te va comme ça ?

Moussa fronce le sourcil en souriant :

— D'accord. Mais, tu sais, si je dis ça c'est pour qu'on fasse un bon produit, c'est bon pour nous tous.

Lahbib fait semblant d'être d'accord, en lui repiquant une cigarette. Les frères Tarki hochent la tête, OK, du moins sur le principe. Ils rembobinent la bande.

Moussa ose aborder la délicate question du contrat, Lahbib se mouche abondamment et éclate :

— Attends qu'il soit né on l'appellera René, comme on dit. Pour le fric, c'est simple : 10 000 balles de forfait pour le premier tirage, après on partage les royalties fifty fifty, ça te va ?

Moussa ne sait plus très bien, il voudrait lui dire que l'important c'est pas le fric, c'est...

Allez ciao, il sort de la villa.

Taxi, il le prend et rentre à la cité. Bonne affaire, malgré tout. Peut-être pouvoir en sortir quelque chose de cette cassette, avec Rachid et les autres.

Le taxi le dépose devant Bouhar, longue queue pour le pain. La tête pleine de sons, de couleurs. Moussa traverse la queue, enjambe des gosses et des flaques d'urine. Il se dirige vers sa cage, les murs, palimpsestes de graffitis, FIS, Love, Canada, Australie.

Dans les escaliers Moussa entend déjà Farid jouer des solos de guitare, Mustapha plaquer des accords au piano, Karim swinguer en finesse sur la charleston. Avec un son général entre Miles Davis, Prince, quelque chose comme ça.

Pour le mixage définitif, faire appel à Bill, s'il est disponible, ah oui, de bonnes idées pour ça. Moussa imagine déjà la maquette de la jaquette, avec Rachid pinaillant comme toujours sur les détails, les nuances, la typo, l'imprimeur, Massy plutôt à droite, voilà : parfait...

Moussa voit aussi très bien Rachid superviser une conférence de presse, posters, cassettes sur des stands avec MASSY en géant, quelques tee-shirts imprimés, y a quelqu'un qui fait ça bien à El Harrach.

Sacré Rachid.

III

1

Depuis plusieurs mois, un épais scandale secoue le pays, le fils du président de la République, sombre histoire de trafic de devises, détournements de fonds.

Ça s'est passé à Ryadh El Feth, arrestation d'un vaste réseau de corruption, patrons menottés.

Tout se mélange, paniers de crabes, fils du Président, patron du Grill Room, cadres de la Banque Extérieure d'Algérie, autorités de Ryadh El Feth, on parle de plus de 80 milliards détournés.

L'événement embrase la une de tous les journaux, la clameur du tollé envahit tout Alger, grève des stations-services, le FIS chope l'affaire au rebond, *Allah Ouakbar*, grève des postiers, rafle toute la mise, grève des médecins, justice divine, grève des pilotes d'Air Algérie, manifestations, grève des boulangers, on réclame des têtes, *Allah Ouakbar*, odeur de poudre.

De poudre et de poubelles.

Comme toujours, le Premier ministre brandit la

ronronnante carte du complot international, Israël, la France, la CIA, l'Iran, comme avant.

Touchante parano, Moussa sourit, connaît le refrain par cœur, trente ans de FLN, tu parles : le monde entier est en train d'ourdir un complot permanent contre notre noble et invincible pays, jalousie interstellaire, on a des preuves, on les produira en temps voulu.

Tu parles...

Les tout nouveaux partis tirent à boulets rouges sur le pouvoir. Les tout nouveaux journaux aussi.

Côté officiel, silence radio, la rumeur s'épand hybride et devient reine : « Paraît que le Président est de mèche avec le FIS. »

Les bruits les plus incongrus circulent, assassinats, coup d'État, maquis. Bars, mosquées, salons de coiffure, bains maures, on ne parle plus que de ça, 80 milliards, fils du Président, le FIS, guerre civile.

Moussa étouffe, tenir le cap, défendre sa bulle.

Changement de donne à Ryadh El Feth, le colonel Denoudi a été dégommé depuis des mois, remplacé par un gestionnaire FLN, tâcheron modèle, banaliser, plus de spectacles publics, plus rien.

Les couleurs redeviennent grises, interdit d'être beau, racé. Le canon FLN reprend sa légendaire place : teint violet, moustaches de Libyen, chique, béret, burnous, roulant les *r*.

Changement de direction aussi au Triangle, voyous notoires, les nouveaux patrons apposent rapidement leur gluante empreinte. La clientèle se dégrade à vue d'œil, putes d'arrêts de bus, truands de boui-boui, Bill parle sérieusement de quitter.

Premières bagarres au Triangle, Moussa regarde un des nouveaux patrons assommer d'un coup de tête un client, devant tout le monde, sang sur la moquette, hurlements des filles en tenue de soirée.

Moussa se ronge les ongles de plus en plus. Une question le dévore ardente, ces jours-ci : est-ce la fin du début ou le début de la fin ?

Tous les soirs dans son quatorze-dans-trois-pièces, contre son mur à traquer le sommeil.

*

Ça fait quinze jours que Moussa attend un coup de fil de Lahbib. Aucun signe, j'aime pas ça, mais qu'est-ce qu'il doit bien fabriquer ?

Un après-midi, vers 17 heures, Moussa croise Spartacus dans la cité :

— Bravo, Moussa, je t'ai entendu à la radio, hier. Félicitations, tu es une grande vedette, maintenant !

Moussa :

— Où ça ? La radio ? Je suis pas passé à la radio, moi !

Spartacus, souriant dans sa barbe, tout content :

— Si, si, je t'ai entendu. Ils ont passé ton nouveau morceau sur Local Rock, écoute tout à l'heure, vers 6 heures, ils vont sûrement le repasser.

Intrigué, Moussa fonce chez lui et allume la radio, Local Rock démarre dans cinq minutes.

Les nerfs à blanc, il se sert un café, s'installe dans sa chambre et s'allume une clope, bouillant d'impatience.

Sahnoun est vissé dans son SAS.

Ryma, l'animatrice vedette, annonce l'émission, jingles, hit parade « ... en quinzième position, une nouvelle voix, MASSY... pour voter, téléphonez au... »

Éberlué, Moussa s'écoute chanter dans le poste, c'est pas vrai ?

Le salaud, Lahbib !

Reconnaît difficilement sa voix, noyée sous une tonne d'écho, boîte à rythmes mécaniques, on dirait un jouet.

C'est pas vrai ?

Les larmes aux yeux, il appelle Rachid qui vient d'écouter l'émission, rassure Moussa, attaquer Lahbib en justice, lui coller un avocat au cul, ameuter la presse.

Petit tour dans la cité, voir l'impact. Beaucoup de gens ont écouté l'émission, trouvent tous que c'est super. Les frangines, Djelloul...

Le soir au Triangle aussi, des musiciens ont écouté la radio, avis général : vachement pas mal.

Mais Moussa sait parfaitement que c'est une merde sans nom.

Le lendemain, il se précipite à Bab El Oued, magasin de cassettes de Lahbib. Le jeune vendeur en chemise à dragons et barbichette islamiste lui dit que Lahbib est au dépôt, derrière le magasin. Moussa s'y rend et trouve Lahbib dans un coin avec trois islamistes, en train de compter des cartons de cassettes de Coran, de prêches d'Ali Benhadj.

Pas d'états d'âme Lahbib, tout ce qui rentre fait ventre.

Calculette à la main, Lahbib aperçoit Moussa :

— Ah, c'est toi ! Je voulais justement t'appeler, j'ai pas eu le temps, les impôts me sont tombés dessus. Mais j'ai placé un titre à Local Rock, ça passe ces jours-ci. Tu l'as entendu, c'est pas mal hein ?

Devant les islamistes, Moussa :

— C'est de la merde, salaud !

Il saute sur Lahbib, les islamistes le calment, au nom de Dieu, maudit soit Satan.

Lahbib suant à grosses gouttes :

— T'énerve pas, j'ai donné juste un morceau. On n'a pas encore dupliqué les cassettes, c'est pour tâter le terrain. D'ailleurs, je voulais te voir, tiens voilà une avance.

Il lui donne une crasseuse liasse de 1 000 dinars, qu'il sort difficilement de sa poche arrière.

Moussa les prend en exigeant un contrat en bonne et due forme, un échéancier strict à propos de ce qui reste, on arrête de déconner SVP ! Lahbib lui dit OK, voir ça avec son avocat, dans une semaine.

— Il faut refaire le mix, aussi, c'est nul. Je vais ramener mes musiciens, mon technicien. Tout reprendre, impossible que ça sorte comme ça.

Lahbib essuie ses mains gluantes sur sa chemise et le calme :

— Oui, t'en fais pas, on fera comme tu voudras, calme-toi ! Putain, t'es un vrai compliqué toi !

Moussa le quitte et déambule dans Bab El Oued. Ça ressemble à Kaboul, Peshawar, le tiers monde comme à la télé, c'est dingue...

Mais où est donc passée la vraie Bab El Oued ? Les vrais enfants de la vraie putain de balle ? Les pépites algéroises ?

Eh oui, « il ne reste de l'oued que ses cailloux », foutu, tout est à raser, peut plus rien pousser sur ce fumier, garanti.

En bas la piscine El Kettani, ancien haut lieu des beaux gosses d'Alger, bien bronzés, brillantes chaînes en or, sourires fruités des nanas, maillots à fleurs, rôties à souhait, tu me chatouilles Razika, arrête !

Dès le pimpant printemps on venait ici, à la piscine El Kettani, avec le prof de sport du lycée, toute la quatrième M2, une fois par semaine. Les plongeoirs, *morisqua*. Les premières filles, à saliver platonique, œillades musquées, chansons d'Adamo, viens, viens, ma bruuuuunne, sorbets aux oranges.

*

Entre-temps, il voit toujours Fatiha en cachette, bois des Arcades, salons de thé. Moussa en a marre de clandestiner, il veut parler aux parents de Fatiha une bonne fois pour toutes, ça peut plus durer.

Un jeudi après-midi, il décide de les appeler, leur annoncer sa visite.

Costume cravate de parfait gendre, il arrive avec une boîte de gâteaux à la main. Les sens en fête, il gravit lestement les escaliers, c'est le plus beau jour de sa vie.

Troisième étage, il sonne, la mère de Fatiha ouvre, l'air pincé, lunettes et voile sur la tête, elle lui propose d'entrer dans le salon. Au passage, elle fait déguerpir les gosses dans une autre chambre.

Doivent être beaucoup, ici aussi, à vivre dans cet appartement : huit ? dix ?

Le père arrive, lunettes, pantoufles, postier à la retraite. Moussa fait le très gentil garçon. La mère sert le café, les gâteaux, on parle un peu de tout et de rien, de la famille, de la vie chère, des pénuries, de politique.

On parle en kabyle, bien sûr.

C'est la première fois que Moussa va chez eux, chez Fatiha, traque sa trace. Ses yeux se promènent dans le salon, baromètre à tête de cerf au mur, verset du Coran au-dessus de la porte d'entrée, calendrier des PTT sur le frigo.

Combien de nuits à fantasmer sur Fatiha, sur son quotidien, à l'imaginer prendre son bain, se sécher les cheveux au balcon, réviser ses cours pour les compositions, faire la cuisine...

Après une bonne demi-heure de préliminaires, Moussa lâche enfin le pataquès, enrobé de rhétorique de circonstance, proverbes, dictons kabyles :

— J'implore votre bénédiction, au nom de la

renommée de votre famille qui dépasse la Kabylie, la Terre des Hommes Libres, « celui qui ignore, il est perdu ». Mes ancêtres m'ont transmis un cœur, un bras et une langue, c'est ma terre, elle est à votre disposition. Je vous demande la main de Fatiha, votre fille, j'en prendrai le plus grand soin, je le jure. Je vais bientôt avoir un logement, je lui promets un avenir plein de Bien et de Vertu. Dieu m'est témoin.

Cause toujours, regard pincé de biais vers son mari, la mère :

— Euh, nous avons beaucoup d'estime pour toi, Méziane, ta famille est de bonne réputation. Mais... Pour notre fille Fatiha, nous avons déjà choisi pour elle. C'est un cousin, il est ingénieur, il a un logement, une voiture, une bonne situation. Tu sais, mon fils, qui peut assez garantir l'avenir de ses enfants, aujourd'hui ?

Moussa croit rêver, il abrège la conversation, se lève poliment et prend congé. Il descend les escaliers en vitesse. Devant la cage de l'immeuble, il donne un coup de pied rageur dans la grande poubelle pleine de gosses.

Ce soir-là, au Triangle, ça se passe mal sur scène, fausses notes, contretemps, Bill lui demande ce qui va pas. Moussa s'excuse, pas dans son assiette, fera mieux la prochaine fois. Dès qu'il finit son tour de chant, il court se défoncer au club jazz, verre après verre, joint après joint.

À l'aube il rentre directement à la cité, sans le rituel Terminus.

En pleurant contre son mur, il s'endort ravagé par l'immense regard vert de Fatiha, le parfum de sa nuque, les souvenirs mordant à fleur de chair.

Le lendemain, dès le réveil, il téléphone à Fatiha, vérifier l'amour... c'est pas vrai, après tout ce temps, bientôt six ans.

La voix nouée, Fatiha lui confirme :

— Euh... oui, c'est Larbi, un cousin, il est ingénieur agronome, c'est mes parents qui ont décidé, je suis obligée... qu'est-ce tu veux que je fasse ?

Moussa bégaye :

— Mais... mais... tu... tu... tu m'aimes ou non, voilà la question ?

— Ça n'a rien à voir, c'est mes parents, écoute...

Lui, se rongeant les ongles :

— Comment ça, ça n'a rien à voir ? Tout est là, justement ! Il faut choisir, tes parents ou moi. Tu es majeure, putain !

Fatiha, de bonne famille :

— Tu sais bien que je peux pas aller contre mes parents. Je crois qu'il faut... qu'on s'oublie, Méziane, bien que je t'aime...

Moussa raccroche violemment, la gorge bondée de sanglots, terminé, ciao. Ah, les femmes, toutes les mêmes, salopes de merde.

Quand Djelloul vient le chercher, Moussa est déjà ivre, flasques de gin, achetées trabendo, à Sid Ali, le steward du quartier. Pur réflexe, il prend le joint que lui tend Djelloul et aspire une longue taf, le regard noir guerrier.

En chemin, il raconte tout à Djelloul, qui, lui, est le silencieux amoureux de Nacéra.

Djelloul le console :

— Mais oublie-la, putain, y a plein de femmes sur terre. Tu vas pas te rendre malade comme ça. Surtout pour une greluche qui t'a fait poireauter pendant plus de cinq ans...

Mais non, peut pas comprendre, Fatiha, les bouquets de souvenirs, fantômes diaprés qui dansent dans la conscience, l'arôme crépuscule du jasmin qui déflagre la mémoire, le corps.

Non, peut pas comprendre, peux pas lui expliquer.

Oublier ?

Ce soir-là, Moussa boit et fume toute la nuit, planqué dans la régie du club jazz, avec Djelloul et des musiciens. Bill est venu partager une taf, mais faut pas déconner, faites gaffe, OK Bill.

En plus, le Triangle a tellement changé, clochardisé, devenu auge à porcs, tout venant, les gens qui brillent ne viennent plus. Bill en a marre, chaque soir il dit que c'est son dernier soir, Yasmine, sa nana ne vient plus depuis longtemps.

Moussa regarde fixement un client au bar, cheveux hirsutes, blouson de jogging, souliers écrasés à l'arrière, comme des pantoufles, tête de marchand de poulets à Baraki. Jamais de sa vie, oh non, il n'aurait rêvé mettre ses sales pieds sur la moquette du Triangle, y a quelques mois.

La soirée continue, boire, fumer, musique. L'image de Fatiha déchire son esprit, son cœur se serre comme un poing, les larmes brûlent. Il se lève brusquement et court s'enfermer à double tour dans les toilettes.

Là, il se laisse doucement pleurer sur sa vie, destin barré noir. En essuyant ses larmes, il s'allume une cigarette et tire deux longues tafs, puis il se brûle profondément l'avant-bras, en se mordant les lèvres.

*

Lahbib n'a pas encore rappelé pour signer le contrat, visqueuse anguille, il fuit, glisse entre les doigts. Moussa bout comme un volcan, surtout depuis que Fatiha l'a quitté. Fauve en cage, sait plus quoi faire de sa colère, chaque jour plus présente, chaque jour plus folle.

Un jour, en revenant de la fac, Nacéra vient vers lui :

— Méziane, on m'a prêté ta cassette, une copine. Tu m'avais pas dit que tu avais sorti une cassette ?

Sorti une cassette ?

Moussa la lui arrache des mains, la jaquette est une vraie merde : « Moussa MASSY : le nouveau Takfarinas ». Couleurs superposées, photo floue, on le reconnaît à peine, fond verdâtre terne, l'horreur...

Il la retourne. Éditions Sonorama, c'est tout, ni titre, ni crédits, ni droits d'auteur, ni rien. Il se rue sur son Walkman et met la cassette.

Incroyable ! Le son est pourri, morceaux coupés avant la fin, saturation. Ah, envie de tuer...

Téléphone, Nacéra décroche, c'est pour Moussa, c'est Lahbib, justement, tombe bien, il va m'entendre.

Ils gueulent en même temps au téléphone.

Lahbib lui explique que quelqu'un a volé la bande master du studio, ils ont piraté la cassette, mais t'en fais pas, je vais les enculer, avocats tout ça.

En même temps, Moussa lui hurle que c'est lui l'enculé, le bâtard de sa mère, et qu'il va lui niquer la gueule.

Moussa raccroche, la mémé accourt et le supplie de se calmer.

Taxi, vingt minutes plus tard, il est chez Rachid qu'il trouve maussade, l'air singulièrement dégoûté :

— Putain de pays, mentalité de merde ! Je sais pas quoi te dire, Moussa, moi j'en ai plein le cul. Farid et Sam se sont taillés à Paris, Bill aussi avec Yasmine, ça sent mauvais ici, ça va péter. Tu sens pas le soufre dans l'air ?

Moussa avale vodka sur vodka, tout se mélange, Fatiha qui le quitte, le FIS qui, quatorze-dans-trois-pièces, Lahbib.

Il se ronge ce qui lui reste d'ongles méthodiquement :

— Écoute Rachid, on va essayer autre chose, je vais la produire moi-même, cette cassette, oui, tout mon fric. On va la faire comme on veut, cette putain de cassette.

Rachid fait semblant de ranger les CD, on dirait qu'il veut lui dire quelque chose :

— Moussa, je crois que... c'est autre chose, il faut ouvrir les yeux. Le pays est foutu, là, le FIS va prendre le pouvoir, c'est sûr. Plus rien à faire ici, même dans mon boulot, pénurie de papier, de matériel, de tout, plus moyen de bosser. Lynd' est déjà là-bas, elle est à Paris.

— Ah bon, en... vacances ?

— Non, Moussa, pas en vacances, mais pour s'installer. On s'en va, c'est fini, je dois la rejoindre à la fin du mois.

Moussa, inquiet :

— Pour... de bon ?

— Oh, du moins pour un bon bout, je crois. Plus rien à faire ici, vaut mieux se casser. D'ailleurs toi aussi, tu devrais y penser sérieusement. Ça va merder grave dans ce pays, l'Algérie devient folle.

Moussa reçoit l'info, coup de pied aux couilles, douleur glaciale, blocage total.

Rachid s'en va.

Il sent un vide puissant et progressif grandir terrible, en lui, comme la nuit tout d'un coup. Si Rachid s'en va c'est que c'est vraiment terminé, là, fermez boutique, rideau, circulez.

Le cœur profil bas, Moussa sort de chez Rachid sonné, une seule envie, boire, boire, boire.

Il se pointe dans un bar miteux, bière, bière, bière, conversations, FIS, trabendo, guerre civile, émigration, contact, visas, Canada, Australie, le bateau prend l'eau de partout.

Rachid s'en va, bonsoir tout le monde, tout est bel et bien fini.

*

Moussa n'a pas voulu aller à la soirée d'adieu de Rachid. Non, ça fait trop mal, en plus y a dû y avoir plein de monde, *tchitchi*, comme d'habitude. Déjà été une fois, pas mon milieu, mal à l'aise, toujours préféré voir Rachid seul, ou alors en petit nombre, deux ou trois pas plus. Pas le même kif, trop crispé toute la soirée.

En plus, Rachid s'en va pour de bon, donc...

Pudeur pondérale, Moussa est comme ça, préfère couper net, virage de la vie, chacun son étoile, bonne chance, oui c'est ça, fais attention à toi.

Le jour de la soirée, Rachid est venu le chercher jusqu'à la cité, après mille coups de téléphone. Moussa s'est caché à plat ventre dans la voiture de Djelloul, Rachid ne l'a pas vu.

Moussa n'a même pas voulu lire le mot que lui a laissé Rachid. Il l'a jeté du balcon, l'a regardé tournoyer dans l'air et finir dans une flaque d'urine, en bas.

Plus de cœur à rien, Moussa continue au Triangle, pilotage automatique, enchaîne les morceaux, sans une goutte d'âme, sans rien.

De toute façon, plus personne n'écoute quoi que ce soit, brame ce que tu veux, faune soulignée trabendistes, bourrés de dinars faciles, se vautrant dans le whisky frelaté et la bave de vieilles putes.

Bill est finalement parti, Rachid, Farid, Sam, tous les mecs bien sont partis, le Triangle est devenu lugubre, micmac glauque et véreux.

Bagarres tous les soirs, havre du trabendo national, fric et scotch, changement de race. Regarde ça, non mais regarde : c'est *autre chose* qui arrive, là.

Nouvelle engeance née dans les poubelles, le vice et... Dieu.

Moussa ne réagit même plus, évolue aveugle, tout se casse la gueule, jeux de lumière en panne, la sono ne marche que sur un côté, lampes pétées, moquette dépecée, tout le monde s'en fout.

Pour la première fois, Moussa se met à boire et à fumer avec les gars du quartier, larves condamnées à ne jamais muer.

Ils se sentent très honorés, tu t'imagines : Moussa Massy, la star qui condescend...

Ça se passe souvent derrière l'immeuble, terrain vague, poubelles. Avec eux, il découvre le 6.15, cachets d'amphétamines des bas-fonds, très prisés par les jeunes esquintés.

Le 6.15, ça te diffracte les sens, éclats de perceptions sans lien, miroir brisé, du pur Picasso. Ça te coupe les articulations, ça te déclare ailleurs, de toute façon.

Jour après jour, il se déglingue, au même tempo que l'Algérie, *allegro*. Moussa se concocte sa chimie, shit, alcool, 6.15, chaque jour de merde que Dieu fait pour l'Algérie de merde.

Il perd même une dent de devant, manquait plus que ça. À la maison peut plus parler à personne, autisme familial, toujours à fleur de rage.

Stratégie apache, il rase tout ce qui est murs, couloirs, escaliers, esquive les rencontres, devient parfaitement transparent.

Affrontements FIS contre étudiants à la fac de droit, quatre morts tués à l'épée, commando islamiste. Moussa, bourré de 6.15, s'en fout, qu'ils s'entre-tuent, que chacun aille se faire...

Pénuries, gigantesques queues pour le pain, le lait, la vie. Théories d'hommes, de femmes, d'enfants, à l'infini, la main tendue vers rien.

Chaque semaine les rues, les places publiques sont envahies. Manifestations du FIS, centaines de milliers de barbes, kamis, versets du Coran, le meurtre aiguise les regards.

Parlent en arabe.

Contre-manifestations des démocrates, cravates, lunettes, moustaches, féministes en jeans, clopes et porte-voix.

Parlent en français.

*

Un soir de novembre, en arrivant au Triangle, le patron vient vers lui et le prend par le bras, discuter un peu. Il l'entraîne vers le petit café à côté du Grill Room, juste en face.

Premières phrases d'usage, Moussa écoute sans

vraiment entendre le patron lui asséner « bon chanteur... mais... comprendre... changer le plateau... la clientèle... reviens dans six mois, on verra... dernière soirée aujourd'hui. »

Puis il plante Moussa et retourne s'engouffrer dans le Triangle.

En clair, Moussa est remercié, remplacé par Mohand Akli, fossile de la chanson kabyle, requin des coupe-gorges de la côte.

Plein d'alcool et de shit, Moussa chante en pleurant sur scène. Mais comme chaque soir, tout le monde s'en fout. Nouvelle clientèle, en fait exactement celle de La Chésa, maquignons, ploucs milliardaires, putes à dents en or.

Les musiciens sont au courant, consolent Moussa, tapes solidaires dans le dos, t'en fais pas, va, c'est des salauds !

Djelloul n'est pas venu ce soir, méchante indigestion.

Moussa se réfugie dans la régie du club jazz, rouler des joints avec les musicos.

Lecteur vidéo en panne, un des gros baffles de la scène hors service depuis trois semaines, lampes de la verrière du plafond toutes pétées, moquette noire de crasse, les patrons s'en foutent, ramasser le plus de fric possible.

Le plus rapidement possible.

Cinq heures du matin, bourré barrique, Moussa rentre chez lui, à pied, sous une pluie fine.

Cheveux défaits, collés à ses joues, il marche à grand-peine, pleurant et ricanant à la fois.

Il commence à faire jour, un petit soleil écarte les nuages, les cafés ouvrent, travailleurs pressés, premiers bus, bagnoles, attention chaussée glissante.

Chemise de soie bouffante, pantalon alpaga à languettes, souliers croco verts, Moussa avance en crabe, s'aidant de la main contre les murs, les arbres, les lampadaires. Trajectoire en zigzag, il traverse la route au radar, sous la colère des klaxons.

Vers 5 heures 30 il est aux abords d'Hussein Dey, une foule d'islamistes se hâte, première prière à la mosquée, la prière de l'aube.

Zélés et renfrognés, ils sont une bonne centaine, avançant en silence, on n'entend que frrtt, barbes, kamis, claquettes, ffrrt ffrrt, barbes kamis claquettes, ffrrtt...

Moussa est obligé de traverser la foule pour rejoindre Brossette et remonter vers la cité, sur la gauche.

Trempé, chemise déboutonnée jusqu'au nombril, cheveux mouillés et gluants de gomina, il avance, zombie, puant l'alcool et les parfums de boîtes.

Moussa traverse la foule, les kamis, odeur de tombes fleuries, les barbes. Il sent leurs regards gorgés de haine, il sait ce qu'ils doivent penser, pédé, tout ça, mais il les emmerde, il avance.

Tous le regardent, crachant leur mépris, certains commencent à l'insulter. De tout jeunes islamistes lui jettent des cailloux. L'un d'eux le percute au front, il passe sa main et voit le sang.

Moussa se retourne vers eux et les regarde en

ricanant, puis il lèche le sang de sa main et leur montre ses couilles :

— Bandes de rats, tenez mon zeb ! Enculés, va !

Sept islamistes, des adultes cette fois, lui tombent dessus, coups de poing, coups de pied, de bâton. Un vieil islamiste intervient :

— Arrêtez, c'est pas ça notre but ! Laissez-le tranquille, vous voyez bien que ce n'est qu'un pauvre ivrogne. Il faut concentrer notre Djihad sur ce pouvoir impie qui bafoue l'Islam, qui se vautre dans le stupre et le lucre. Il faut viser la tête, maudit soit Satan, *Allah Ouakbar !*

Ils répètent en chœur : *Allah Ouakbar*, puis le laissent tomber, sans connaissance.

Pris de pitié, le garçon d'un café voisin lui jette un seau d'eau sur la tête.

Un bon quart d'heure plus tard, Moussa reprend conscience, le crâne en feu, l'arcade entaillée. D'un geste las, il essaye d'arranger les loques de sa chemise en soie, rouge de sang.

Titubant, encore plein d'alcool, les côtes meurtries, il avance à cloche-pied, perdu un soulier croco dans l'affaire.

Les passants le regardent, c'est le petit matin. Vers 8 heures il arrive enfin à la cité, abruti de fatigue, grappes barbues sur les trottoirs, contre les murs.

Wahiba, la fille Méziani, apparaît, pépète parfumée, Moussa se cache derrière une poubelle. Attend qu'elle disparaisse au coin de la rue.

Son parfum persiste un peu derrière elle, puis s'évanouit, vaincu par celui des ordures.

Moussa sort de sa cachette en vacillant et se dirige vers sa cage. Soudain il glisse et tombe dans une flaque, aux pieds d'une grappe barbue.

En le voyant tomber, Spartacus accourt vers lui.

D'un grognement brusque, Moussa le somme de foutre le camp et de le laisser tranquille. Les gosses font cercle autour de lui, spectacle garanti.

Moussa se lève en gémissant, se retourne vers eux et leur montre ses couilles en ricanant.

2

Quelques mois plus tard, en février, c'est la chute suave. Tous les soirs, zombretto, 6.15, shit, Moussa ricane souvent tout seul, derrière les poubelles.

Les yeux dans la mer, la baie illuminée, il bricole un cœur en fil de fer et le jette du haut de la colline d'ordures.

Autour de lui, des gosses fauves aux yeux brillants jouent dans les immondices.

Chaque soir avant de dormir, Moussa Massy pleure contre sa vie, contre son mur.

Rognant ses jours à dents perdues, il se laisse pousser la barbe, ne s'habille plus qu'en jogging et claquettes, tient les murs de la cité avec les autres.

Sujets de discussion : FIS, drogue, trabendo, femmes salopes, pouvoir enculé, émigration. Dans la cité les jours se déclinent ainsi, égaux d'ennui, de dégoûtation, déchiquetant avec soin le satin de la peau des rêves.

Cependant, jour après jour, tout le monde se taille. Exodus, sauve qui peut !

Même Baïza est parti, oui, il y a quelques mois,

il a laissé tomber le FIS, les kamis. Paraît qu'il est à Amsterdam, bosse dans une pizzeria, a envoyé des photos, rasé sa barbe, toque de cuisinier sur le crâne.

Djelloul est en train de préparer un dossier, émigrer au Canada. Il supplie Moussa de se bouger. Mais Moussa n'a plus la force, cerveau plombé.

Djelloul est persuadé que Moussa est envoûté, qu'on lui a jeté un sort, pas normal, cette apathie, ce renoncement. Une fois, il lui a même proposé d'aller voir un guérisseur à Colomb Béchar, un très bon taleb, pour conjurer le Malin.

Moussa préfère franchement s'ouvrir une autre bouteille d'alcool à brûler.

Nouvelle vie réglée papier à musique, debout vers 10 heures du matin, puis dehors, en claquettes, contre les murs, à regarder les gens qui passent.

Le mur c'est l'observatoire idéal, tu contrôles tout ce qui se passe dans le quartier. Untel est sorti avec un gros sac, son beau-frère vient de rentrer, l'autre a un problème de démarreur, sa voisine cherche un médicament pour sa fille, son beau-frère vient de sortir, Untel rentre sans gros sac.

Le mur c'est aussi le totem du quartier : vive FIS, à bas FLN, j'aime Sassia, Allah, vive Mouloudia, mort aux Kabyles, vive Abassi Madani, Barcelona mon amor.

Mohand n'a toujours pas trouvé de logement, l'été approche, cette fois-ci, il va être obligé de se marier. Donc, il va ramener sa femme à la maison. Ils vont être à quinze donc, dans les trois pièces.

Ils seront mariés, donc chambre à part, donc comment ?

En ricanant, il règle vite le problème avec deux cachets de 6.15. Puis il va rejoindre les gars du quartier, dans une vieille carcasse de R5.

Spartacus, Dahmane et Nordine le marin, sandwichs bourrés d'harissa et whisky, on s'ennuie pas, salut les mecs. Moussa place une fesse sur le capot et partage, bouchée de sandwich harissa, gorgée de whisky, effff... ça brûle de partout.

Nordine, marin au long cours, a ramené le whisky, du fromage et de la marijuana. Bombay, Djakarta, New York, il leur raconte la vie en mer, les affaires, les femmes, l'aventure. Les yeux de Spartacus brillent d'or, la bouche ouverte, il déguste émerveillé, la dentelle des récits du marin.

Un jour, Moussa reçoit une carte postale de Rachid, Paris, qui le supplie de se bouger, émigrer, faire un dossier, visa, une fois à Paris on se démerdera.

Moussa jette la carte aux gosses-poubelles en allant rejoindre Spartacus au mur.

Y a toujours pire dans la vie, tiens par exemple, regarde Spartacus le pauvre : ils sont à dix dans une pièce, oui, une pièce. Pratiquement illettré, chômeur de naissance. Aucune chance dans la vie, rien, une petite épluchure, une chute, une chiure du Ciel.

Et pourtant il gambade...

*

Un jour, Moussa est de corvée, chercher un sac de ciment à Champ de Manœuvres, réparer le potager, le maçon arrive à 14 heures. Mohand a tout réglé à l'avance, payé le sac, donné le bon à Moussa, reste plus qu'à aller le chercher.

Réveil dur, debout à 8 heures, c'est l'aube pour lui, en plus Djelloul n'est pas disponible. Moussa se poste à la station de taxis en bâillant. Soudain, une camionnette, klaxon, Spartacus lui fait signe, il est à l'arrière avec un mouton, le chauffeur c'est un copain.

Ils doivent emmener le mouton à la mosquée de Belcourt, l'égorger pour les pauvres. Moussa grimpe dans la camionnette, le mouton n'arrête pas de bêler. Ils déposent Moussa à Champ de Manœuvres.

Arrivé au dépôt, queue bien compacte.

Le bon à la main, il colle à la queue, un wagon de plus. Odeur de ciment, de parpaings, de plâtre, matériaux de construction, ça manque, ça manque, pénuries. Parfois, il y a des arrivages, l'État, alors ils distribuent au compte-gouttes, monopole. Sauf, bien sûr, si tu as du piston, le beau-frère du cousin de la voisine d'en bas, paraît que...

Au bout d'un siècle, Moussa arrive au guichet, il tend son bon.

Rouquin, bouclé, l'employé :

— Pas valable ici, faut aller au dépôt de la Côte Rouge, à Léveilley.

Moussa :

— Mais...

L'employé, rouquin bouclé, s'énerve :

— Allez, allez, au suivant !

Moussa se retrouve dehors, putain de chiasse, aller jusqu'à la Côte Rouge.

Taxi, embouteillages, Moussa arrive au dépôt de la Côte Rouge, même topo : queue immense, Moussa s'y colle. Tant bien que mal, il arrive au guichet, le bon est valable, ouf, il va prendre son sac de ciment. Oh hisse, un vieil employé l'aide à le mettre sur son épaule, plus de 20 kilos.

Courbé, Moussa sort et se met au bord de la route, fait signe à des taxis. Rien à faire, s'arrêtent pas, les salauds. En plus le sac fuit sur le côté.

Un taxi ralentit, le chauffeur :

— Où il va le frère ?

Moussa :

— Cité Mer et Soleil.

— Mmm, c'est pas ma direction, mais je peux te déposer à Champ de Manœuvres.

Moussa accepte, obligé, ils font la loi, crapules, il cale le sac de ciment dans le coffre de la voiture.

Moussa flaire le chauffeur, sale tête. Arrivés à Champ de Manœuvres, ça fait 80 balles. Moussa lui donne un billet de 200 et descend sortir son sac en attendant la monnaie.

À peine le sac sorti, la voiture démarre en trombe, avec la monnaie. Moussa bave de rage, a vraiment l'air d'un con, sac de ciment entre les jambes. Sale race d'enculés : affirmatif, tu construis pas un pays avec cette merde, définitif.

Quelqu'un traverse la rue et se dirige vers lui,

grand sourire aux lèvres. Déjà vu cette tête... longs cheveux de soie, mais c'est lui ? le jeune guitariste, là. Gueule d'Américain, chantait des chansons douces en anglais, au local JFLN... Putain, ça fait un bail, plus de dix ans, effusions, disparu de la circulation.

Qays, le guitariste, beau gosse, classe. Moussa en claquettes, barbe, manque une dent, le sac de ciment à ses pieds.

Ils discutent près des arrêts de bus, Qays :

— Oui, j'étais aux États-Unis, huit ans, là-bas. Tu sais, à un moment tu te dis... quelque chose qui te manque, des odeurs, tu vois ce que je veux dire ? Le pays, quoi. Alors, j'ai bazardé tout ce que j'avais, je me suis dit : mec, rentre dans ton pays, va, c'est là-bas qu'on a besoin de toi. Et... voilà, je suis rentré y a deux jours. Alors, dis-moi c'est où que ça se passe, les musiciens, les boîtes, les bœufs ?

Moussa le regarde fixe et éclate d'un rire rasoir mal affûté. Puis, il hisse son sac de ciment sur son épaule et s'en va sans un mot, laissant Qays en plan.

Moussa et ses jours, giflant vifs, réguliers, sourires barbelés, le cul calé au mur, avec les autres, solidarité grégaire, horde originelle.

Moussa s'est remis à jouer au foot avec les gars de la cité, rappelle le bon vieux temps, eh oui, cadet au NAHD, retours de matchs à l'extérieur, en bus, à chanter à pleins poumons, hymne du club, supporters, fanions bleu et blanc.

Aujourd'hui match crucial : cité Mer et Soleil

contre cité Climat de France. Eux y disent « Climat de Sous-France ».

Le match se déroule au terrain vague. Poteaux de buts : deux poubelles renversées et peintes à la chaux. Derdiche fait l'arbitre, venu exprès de Belcourt pour l'occasion. Spartacus est goal. Moussa avant-centre.

L'enjeu : deux grandes caisses de limonade, pour le public, majorité de gosses. Dahmane organise et fait monter les paris dans le public, ça va chauffer : Mer et Soleil contre Climat de France, allez, allez, qui dit mieux ?

Personne n'a de tenue, évidemment. Moussa est en débardeur, jean déchiré, fausses Adidas aux pieds, sans chaussettes, tu sens mieux le shoot.

Spartacus fait goal en kamis, peut-être que c'est tout ce qu'il a à se mettre, le pauvre, ça doit coûter quoi, ça ?

Au bout de trois quarts d'heure, Mer et Soleil mène par 6 à 4, dont deux buts de Moussa.

Sur une longue passe de Dahmane, Moussa amortit de la poitrine et dribble le long de la ligne de touche, il adore ça, un, deux, trois, joueurs et hop, il se retrouve seul face au goal adverse. Le public de Mer et Soleil trépide debout, la clameur donne des ailes à Moussa qui arme son tir du droit, la mise à mort.

Soudain, venu de la gauche, l'arrière central adverse le fauche sauvagement, coup franc.

Tordu de douleur, Moussa se relève et court en boitillant derrière l'arrière central, sous les vivats du public. Poursuite effrénée le long du stade, Moussa se jette sur lui et le plaque aux jambes juste devant la colline d'ordures.

Après une série de coups de poing, il lui enfonce le visage dans une flaque de fange.

*

Deux mois plus tard, réponse positive pour Djelloul, dossier accepté, Montréal. Il tend un prospectus à Moussa, Air Canada, un couple de Canadiens près d'un lac, forêt rousse. Sans un mot, Moussa roule le prospectus en boule et l'avale sous les yeux médusés de Djelloul. Puis il éclate d'un gros rire nerveux, en pleine rue, tout le monde se retourne.

*

Un jour, il glande dans Alger, sans aucun but, barbe grise, claquettes. Comme c'est sale, grève des éboueurs, même au centre-ville, poubelles pleines à ras bord, sans couvercles, mouches, gosses. La rue Didouche, de la glèbe partout, mi-ruraux, mi-rien, pénuries, queues éternelles pour n'importe quoi.

Vente concomitante : tu veux une Thermos chinoise géante importée par l'État ? D'abord tu fais la queue avec tes frères, là-bas, oui je veux voir qu'une seule tête. Ça c'est pour avoir le bon. Ensuite, tu fais l'autre queue, l'autre là-bas, la grande, voilà. Et une fois arrivé au guichet, tu prends enfin ta Thermos chinoise géante.

Mais, mais, mais, mais, mais.

Tu es obligé d'acheter avec un masque de plongée sous-marine, vieux stock de l'État, faut écouler...

Regards crans d'arrêt, dégaines crispées, cœurs décapsulés. Rue Victor-Hugo, Moussa hésite : vers le haut, la rue Debussy ?

Victor Hugo, Debussy... les noms sonnent comme des médailles, vieil or, légendes dormantes d'une Alger qui certainement fut.

Finalement il prend vers le bas, la rue Victor-Hugo, squattée par des meutes de gosses, revendeurs de tout.

Sûrement inconnu au bataillon, pour eux, Victor Hugo...

« Là, tout un peuple râle et demande à manger
Famine dans Oran, famine dans Alger
Voilà ce que nous fait cette France superbe !
Disent-ils. Ni maïs ni pain. Ils broutent l'herbe
Et l'Arabe devient épouvantable et fou. »

Des flics achètent des clopes aux gosses, trabendo, faut bien survivre, eh oui, peut-être d'honnêtes pères de famille, même galère, quadrature du cercle bien vicieux, va toi défaire ce merdier !

Quelqu'un l'appelle, il se retourne, c'est Rabah, le guitariste vif-argent de La Chésa.

Rabah propose un café et regarde Moussa,

édenté, barbe hâve, jean déchiré, claquettes, ombre d'une litote de lui-même :

— Mais qu'est-ce qui t'est arrivé ? La barbe... t'es pas tombé de l'autre côté, j'espère ?

Sourire forcé, Moussa sait que l'autre doit le voir comme un cafard :

— Non... petits problèmes... et toi ? Ça marche toujours votre orchestre ?

— Ouais, tu sais, on est au Maroc, c'est super. On bosse à Agadir. Tu as déjà été à Agadir ?

— Non, j'en ai entendu parler.

— Tu verrais... c'est le paradis. Je suis là pour quelques jours, affaires à régler, et puis je repars. Ah, le Maroc, les hôtels, les boîtes, la mer, tu te croirais à Acapulco. Et puis, pas d'islamisme, là-bas, le roi leur a serré les boulons. Pas de pénuries, pas de queues, tu trouves ce que tu veux, là-bas. Moi, j'ai pris ma femme, mes deux gosses et ciao l'Algérie. Tu devrais venir, tout le monde fout le camp, c'est le moment, Moussa, avant que ça pète ici.

Moussa regarde une mouche nager dans sa tasse de café. De l'annulaire, il la sort simplement et la jette par terre, simplement.

Puis il sirote une bonne gorgée :

— Tu as raison, j'y pense, j'ai des projets.

Mec bien, Rabah, se rappellent un peu le bon vieux temps. La Chésa, anecdotes...

Avant de se séparer, Rabah lui donne ses coordonnées à Agadir, Moussa note sur son paquet de cigarettes, ils sortent du café.

Dans la rue, bisous, ciao, à bientôt, Rabah prend

vers le haut de la rue Didouche, Moussa ne sait plus où aller, laisse ses claquettes guider ses pas.

Faire le vide, il chasse tout de sa mémoire, plus de place, faut ramer serré. Il descend la petite pente, du côté de la rue Meissonnier, quelque chose d'Italie dans ce coin, ruelles fraîches, bégonias, géraniums aux balcons, oui, avant, sûrement...

Marchand de cassettes sur la droite, tiens, regarder la vitrine. Centaines de cassettes étalées en plein soleil, raï, variétés algériennes, nouveautés disco, même du Coran.

Dans un coin sur la gauche, Moussa remarque sa cassette en vente : « MASSY, le nouveau Takfarinas », une vraie merde.

Coup de tête contre la vitrine ? Lui niquer sa mère ?

À qui ?

Voir Lahbib pour le reste du fric ?

Fatigué, Moussa laisse tomber, oui c'est comme ça que ça commence sûrement, quand tu *fatigues*.

En soupirant, il s'allume une clope, la dernière, il froisse en boule le paquet vide sur lequel il y avait l'adresse de Rabah.

Moussa jette le paquet en l'air, à la verticale, et du pied gauche jongle avec, trois, quatre, sept, douze. Des gosses accourent et comptent avec lui, vingt-cinq, vingt-six, trente-quatre, cinquante-huit. Enfin, au bout de soixante-dix coups, d'une sèche reprise de volée, pied droit, Moussa l'envoie pile se nicher dans le couffin vide d'une pauvre vieille qui n'a rien vu.

Les gosses applaudissent l'exploit. En souriant, Moussa leur achète un paquet de clopes, plus de Marlboro, il prend des Chélia, c'est de la paille, mais faut bien fumer.

Rasséréné, il descend vers le bas, petits escaliers ombragés, rampant lierre aux murs, rejoindre la rue Hassiba Ben Bouali.

Une silhouette monte les escaliers, une femme, le cœur de Moussa s'arrête net.

C'est Fatiha ?

Oui, c'est elle, en hidjab, elle est enceinte.

Les yeux rivés au sol, elle continue à monter les escaliers, en faisant semblant de ne pas l'avoir vu.

Dagues acérées lacèrent le doux vélin de l'âme de Moussa.

Ah bon ? D'accord !

C'est rien, retour à la cité, trois bouteilles de vin, non vraiment rien, une boîte entière de 6.15, et c'est réglé. Retirées les dagues, derrière les poubelles, face à la mer, avec les gars du quartier, les vrais gars du grand cœur.

Oui, tous réunis autour d'un feu géant et orange, tas de vieux pneus, allumé dans le terrain vague, happening primitif, longues flammes félines à lécher les visages, Dahmane a ramené des brochettes à griller direct, du zombretto et du shit. Moussa finit en dansant dans la lune, les bras en croix parmi les étoiles.

Vers 3 heures du matin, il rampe les cinq étages, rentre chez lui et pète tous les plombs.

Tous.

En hurlant, allez hop, son poster, déchiré en mille morceaux. Dans le même élan, fracassé, son mandole contre le mur, de toutes ses forces.

Tout le monde se réveille et accourt pour tenter de le calmer, Sahnoun aussi s'est réveillé, assis sur son matelas, l'œil absent. En peignoir, chemise de nuit, les frangines, la mémé, toute la famille envahit la chambre, essayer de maîtriser Moussa.

Maman se trouve mal, son diabète, sa tension, Ouardia, vite, un verre d'eau avec les médicaments.

Dans la chambre, ça continue, Moussa hurle à en perdre la voix. Coups de pied, coups de poing, il casse tout ce qui bouge.

Gêné par Maya et Fella, Mohand essaye de le ceinturer, Slimane s'est sauvé, terrorisé.

Dans le couloir, il bouscule papa qui vient de se réveiller, c'est quoi ce vacarme ?

Papa se met juste devant la porte de la chambre et regarde le spectacle, une moue de dégoût à la bouche.

D'un coup de reins, Moussa se dégage de la prise de Mohand et se met à gueuler de plus belle, jetant le contenu de son étagère par le balcon, bouquins, revues, reliques. Le tome deux de *Guerre et Paix* tombe sur Spartacus, en bas de l'immeuble.

La crise se termine au petit jour, Moussa sanglotant en silence dans les bras de la mémé qui lui murmure une douce berceuse kabyle, là, là, c'est fini, c'est rien, ça y est mon petit.

*

Deux semaines plus tard, Djelloul le cherche partout dans la cité. Il le déniche finalement près de Bouhar le boulanger. Moussa bricole mécanique, aide un voisin à démonter son carburateur, deux petites tasses de café à même le trottoir.

À l'appel de Djelloul, Moussa lève la tête du moteur et vient vers lui, les mains noires de cambouis.

Rasé de près, Djelloul est sur son trente et un. Au coin de la rue, un taxi l'attend, moteur en marche.

Du mal, Djelloul, à trouver les mots, se casse aujourd'hui, 17 heures, l'aéroport, Montréal.

Il supplie Moussa, se réveiller, ouvre les yeux putain, faut se tailler, le visa.

Les yeux vitreux de Moussa le regardent sans le voir. Ils se séparent. Déchiré d'émotion, Djelloul monte dans le taxi et s'en va.

Le visage dans ses mains noires, Moussa pleure dans la rue devant les gosses, les islamistes. Il donne un grand coup de pied dans les tasses de café.

Le voisin accourt, un tournevis à la main, qu'est-ce qui se passe, un problème ? Un décès ?

Moussa de plus en plus irritable, un rien l'allume. Depuis sa crise, plus personne n'ose le contrarier à la maison, il rentre tête basse et en sort tête basse.

Un jour, Saliha se plaint d'un prof dans son lycée,

veut lui imposer le hidjab. Il l'a même menacée une fois, lui a lancé un ultimatum, avant la fête de l'Aïd.

Moultes plaintes auprès de la directrice, mais que dalle, trois quarts des profs sont islamistes.

Craquement de doigts, Moussa lui dit qu'il ira l'attendre devant le lycée, lui régler son problème, te casse pas la tête. Ça tombe bien, manque un peu d'exercice, ces temps-ci.

Le lendemain, Kouba, il attend Saliha devant son lycée. Dix-sept heures, sortie des élèves, majorité en hidjab, kamis. Saliha rejoint Moussa sur le trottoir d'en face, elle lui montre le prof en question.

Très grand, barbe noire et regard austère, le prof discute, collègues. Moussa s'approche et le tire à l'écart :

— Bonjour monsieur, excusez-moi de vous déranger, je suis le frère de mademoiselle Boudjiri. Il paraît qu'il y a des... problèmes ?

Le visage du prof se fend d'un faux sourire :

— Problèmes ?

Moussa fait le con :

— Oui, une... histoire de hidjab, je crois.

Mielleux, le prof :

— Ah oui ! Non, c'est juste un petit conseil, oui, le hidjab, ça va la protéger du mauvais œil Car comme dit notre Prophète, prières et salut sur Lui, « Quand la bouche est fermée, la mouche ne peut pas entrer ».

Moussa essaye d'être gentil, sportive prouesse de nos jours :

— Mais pourquoi la forcer, si elle n'a pas envie

de mettre le hidjab, « pas de contrainte en religion », n'est-ce pas ?

Le prof veut lui expliquer :

— Oui, non, c'est vrai. Mais il faut qu'elle mette le hidjab, c'est la tenue de la pureté, l'uniforme de l'Islam, car...

Complètement béton, le mec, shooté aux oripeaux de l'imaginaire musulman, les compagnons du Prophète, les anges, le père Noël. Moussa n'en peut plus, impossible de converser, change de tactique, il s'approche de son visage et le coupe net :

— Bon, écoute-moi bien : elle ne mettra jamais le hidjab. Tu lui fous la paix totalement ou je te nique ta mère, compris ?

Interloqué, l'autre :

— Quoi ?

Heure de pointe, parents venus chercher leurs enfants, profs, élèves, tohu-bohu. Le prof pose son cartable et se rue sur Moussa. Trop tard, Moussa l'esquive, l'attrape par les épaules et lui assène deux coups de tête secs.

Puis c'est l'empoignade, Moussa l'envoie valser en l'air et le plaque dos au sol en posant ses genoux sur ses épaules. Il lui ouvre la bouche et lui crache plusieurs fois dedans, en le cognant au passage.

Des gens tentent de les séparer, kamis au vent des islamistes accourent à la rescousse. D'un bond, Moussa se redresse et leur fait face.

Vif, il sort une longue lame, le cran d'arrêt qu'il avait acheté à l'époque de La Chésa.

À la vue du couteau, c'est la panique, cris

d'élèves, badauds. Même Saliha le supplie d'arrêter, un grand cercle se forme autour de lui.

Moussa se taillade le bras, et, du doigt, se tatoue le visage de sang. La lame en avant il les tient en joue, en léchant le sang sur son doigt :

— Avancez, tapettes, on va tous mourir là, que celui qui n'a pas peur du sang s'approche. Moi, je suis un niqué de la tête, je vous préviens, le premier qui bronche, je lui ouvre sa mère. Et si jamais quelqu'un s'avise d'emmerder ma sœur...

Affaire close, depuis.

*

Moussa est né un 1er avril, canular de la nature, disait Rachid.

Moussa vient de fêter ses trente-sept ans il y a quelques jours. Sobre, juste deux bouteilles de zombretto et quelques joints, tranquille, lui et Spartacus, en silence.

D'ailleurs Moussa ne parle presque plus, grognements, monosyllabes, laconique au possible, l'essentiel et basta.

Le chant, ça fait une éternité, plus du tout au cadastre. Sauf pour déconner, bien pété, avec les copains, en tapant sur les poubelles, oui, mais pas plus.

Dans la poche de son vieux jean déchiré aux genoux, il retrouve l'autocollant du FIS, qu'il avait confisqué à Slimane. Bien coincé au fond de la poche, du mal à le retirer, ah ! le voilà. Marrant comment les choses se cramponnent à la vie.

Il le déplie, le regarde, pas mal foutu, professionnel, puis il le donne à Spartacus qui le colle sur son kamis, tout heureux.

*

Noires, les semaines qui suivent : attentats intégristes, troubles. Le 27 mai, manifestation du FIS, plus de trois cent mille personnes. On parle ouvertement de guerre civile, coup d'État, fin du monde, tremblement de terre.

Celui de l'année dernière, à dévaler les cinq étages à toute vitesse, sous les secousses. Hurlements, femmes, gosses. Arrivés au troisième, violente secousse, Moussa s'est cassé la gueule sur Slimane, avec Maya dans ses bras. Tous les gens de la cité se sont retrouvés dehors, en pyjamas, en slips, en robes de chambre, tremblants de peur.

C'est là que le FIS a fait le plein de ses troupes, la peur de la mort, hein, poltrons ! Le châtiment de Dieu, « Craignez Dieu, mécréants... »

La tension monte, Moussa se sent comme une grenade correctement dégoupillée.

Les murs, les poubelles, les copains, les jours gris ciment.

Fait divers du jour : trois mecs de la cité, dont

un cousin de Dahmane, se sont bagarrés pour une courroie d'alternateur, un mort deux blessés.

Jingles de pubs des télés étrangères vociférant des balcons.

Moussa rumine sa grisaille, en grattant sa barbe hirsute. Devant lui, des gosses se battent pour son petit miroir Elvis Presley qu'il vient de jeter dans une poubelle.

Moussa zone du côté de Bouhar, peut-être croiser Spartacus, quelqu'un, quelque chose à faire, n'importe quoi, avant le soir, zombretto, 6.15, derrière l'immeuble, face à la mer.

Spartacus n'est pas là, il y a juste Dahmane et deux islamistes. Moussa salue et se pose près d'eux sur le bord du trottoir. Un des islamistes revient d'Afghanistan, passé une année là-bas, il raconte la guerre contre ces chiens de communistes, les bivouacs le soir, à sentir l'immense souffle de Dieu caresser le front des fidèles, les miracles, quand les blessures des moudjahidine fleurent le musc.

Un peu en retrait, Moussa écoute d'une demi-oreille, lorsque Spartacus apparaît.

Moussa le happe, faire un tour, se rouler un joint dans la carcasse de R5. Spartacus revient de chez son beau-frère, islamiste, qui habite à Baïnem. Toute la nuit, il l'a aidé à enlever le carrelage du sol de son appartement, à l'époque du Prophète, le salut soit sur Lui, il n'y avait pas de carrelage.

Moussa n'a jamais répondu aux lettres de Rachid. Quand il appelle au téléphone, fait toujours dire qu'il est pas là.

Mais ce jour-là, se fait avoir, parti acheter le pain chez Bouhar, sept gros pains et six baguettes, comme ça tous les jours, eh quoi, ça bouffe, quatorze personnes.

En remontant avec le couffin, téléphone, Moussa décroche, trop tard, c'est Rachid.

Pendant dix minutes, Rachid ne le lâche pas, l'engueule, bouge-toi, fais vite, merde, prépare un dossier, visa, une fois ici on s'occupe de tout.

Moussa tout bizarre, en raccrochant, la voix de Rachid, faisait longtemps, ça rappelle...

Bouffée de souvenirs, soyeuses sensations, petite lueur verte, là-bas au fond de l'immonde noir tunnel.

Le coup de fil de Rachid semble faire un peu d'effet.

Les jours suivants, Moussa se cadre, tendre l'oreille, glaner des infos, procédures de visa, consulat de France. Pas difficile, unique sujet de conversation.

Un jour il décide d'y aller faire un tour, juste pour voir.

Au consulat de France.

3

C'est près de la place des Martyrs, le consulat de France, juste derrière le grand bâtiment du Trésor public.

Moussa, toute la nuit à rêver, Champs-Élysées, huîtres au vin blanc, Montmartre.

Ça faisait très longtemps qu'il n'avait pas rêvé.

Moussa n'a jamais quitté l'Algérie, pas un jour, même pas en vacances, ça l'étonne lui-même.

Pourquoi ? La flemme peut-être, les tracasseries, le passeport, les devises... Et puis, Moussa déteste supplier les gens, cirer des pompes, non, pas du tout lui, ça.

Mais là, aujourd'hui, ça y est, décidé, quelque chose veut se rallumer en lui. Le vieil or de l'étoile, oui, de nouveau désire briller, oui, vraiment, celle d'Alger, se battre, foutre le camp vite avant que.

Beau soleil, en sifflotant, il arrive par le front de mer et débouche devant le consulat.

Au moins deux mille personnes à faire la queue, agglutinées, viande de masse, William Saurin...

Il longe la foule, l'air de rien, traverse l'avenue et se poste au comptoir du café d'en face, un thé. Demander au garçon, sûrement avoir des tuyaux, les procédures, Moussa lui offre une Marlboro.

Le garçon accepte la clope :

— Pour avoir un visa, il te faut : un certificat d'hébergement de quelqu'un du même nom en France. Un billet d'avion aller-retour. Six mille balles français, donc cinq patates en dinars. Un certificat de travail, chômeur c'est même pas... Un titre de congé. Et... faire la queue. Tu vois ce pavé de monde, depuis l'aube, ils sont là, à toi de voir, mon frère.

Aucune chance, déjà que lui et la paperasse ça fait quinze.

Moussa rentre à la cité, dépité, rêves en berne.

Touche pas aux sardines farcies, bien piquantes, que Z'hor lui a préparées, dont il raffole d'habitude.

Même la télé, rien, Kahéna l'a appelé deux fois pour Colombo.

Il se met au lit avec un vieux *Paris-Match* déchiré. Mohand vient le voir, parler un peu, y a des problèmes ?

Dans la chambre, Slimane répare son petit transistor qui crachouille, Sahnoun est dans son SAS, Maya et Fella déchirent un cahier en gloussant.

À voix basse, Moussa raconte tout à Mohand, foutre le camp, visa, dossier. Mohand doit se marier en août, il est ravi que quelqu'un libère l'espace :

— T'en fais pas, je vais t'aider Méziane, je

connais quelqu'un au boulot, peut te trafiquer tous les papiers que tu veux, un artiste. Te casse pas la tête, c'est mon affaire.

Quelques jours plus tard, Mohand pose sur le lit de Moussa un dossier complet, à son nom, soigné petites mains, tout est faux, mais impossible de détecter, du bel art.

Manque le fric, Moussa racle ses économies, demande à la mémé et réunit 6 000 francs français, pour cinq briques en dinars, prix d'ami.

Le billet Alger-Paris, 8 000 dinars. Arrière, scrupules ! Moussa retrousse sa ruse et plonge deux secondes trabendo. Trafic de Marlboro avec Spartacus, dix cartouches et voilà le billet.

Brin de verdure à l'âme, Moussa à l'assaut du consulat de France, 5 heures du matin. Bec et ongles, il défend sa place. Sur sa droite, la mer laquée, mire soleil, aveugle à force.

Moussa : nom arabe de Moïse, c'est Rachid qui lui a dit. Ah, pouvoir fendre la mer comme Moïse, filer droit devant, jusqu'à La Canebière, un pastis, un !

Vers 8 heures, triplée de volume, la foule, masse nerveuse, soudain s'anime, c'est l'ouverture des bureaux.

Dix heures, c'est la folie, un véritable peuple, viande à visa, puanteur, serrés solide, sueur. Hautain, le soleil fait cuire les nuques, le sang bout.

Des gosses passent vendre à la queue, clopes, sandwichs, limonades chaudes.

La foule avance au ralenti, gémissante masse de rancœur, débit optimiste : cinq personnes toutes les dix minutes, t'as plus de deux mille personnes.

Parfois des gens grillent la queue, s'engouffrent petite porte des VIP, piston, la foule hurle, les flics tabassent.

Tremblant de rage, Moussa lutte, serre les fesses, tient bon, le dossier contre sa poitrine, avancer.

Rachid, Paris, le frigo bien rempli, saucisson, Heineken, lui donne du revif, ça existe la vraie vie, ouais, elle est en fin de queue, juste là, tu la vois ?

Drue, la foule avance, aveugle, sous le gril du ciel. Moussa a le nez dans la nuque d'un gros crépu devant lui, odeur d'étable. Un vieux se trouve mal, on le sort de la queue, un verre d'eau, on l'évente. Moussa avance pas à pas, gagne du terrain.

Vers 11 heures, se retrouve propulsé dans la salle, les guichets, ouf. Petite foule facile à l'intérieur, fait moins chaud, respirer un peu.

Dehors, le vacarme, la glèbe, l'enfer du soleil, les matraques des flics.

Moussa s'essuie le front, chemise trempée, colle à la peau. Désorienté, sait plus quoi faire, on lui dit : formulaire à remplir, là-bas sur la petite table.

Formulaire, il en prend un, se redonne une dignité. L'en-tête du formulaire : « République française », putain c'est déjà autre chose, ça sent bon, c'est net.

Il remplit le formulaire, d'après son dossier. Puis, après une petite queue, se retrouve au guichet.

Blonde employée, accent du Rhône, joues de jambon et de vin.

Grisé d'aise, Moussa lui tend son dossier huileux avec un grand sourire édenté.

D'un air détaché, elle le compulse puis :

— Manque le titre de congé, désolée, au suivant...

Moussa veut comprendre :

— Mais...

Les flics, vite fait, se retrouve dehors, la glèbe brûlante.

Ah bon ?

Eh bien, il revient à la cité, zombretto avec les copains, 6.15, la mer noire devant. Cette fois il essaye un nouveau coup, on appelle ça la Poudre du Diable. Tu broies dix cachets de 6.15 et tu mélanges la poudre dans une bouteille de zombretto.

Après avoir bien remué, Moussa avale le tout d'une traite, véritable arrache-âme. Spartacus lui suggère de vérifier le Lockheed, freiner un peu. Moussa s'en fout. Il se refait trois fois le mix, assaisonné de quelques joints.

Défonce grave, jamais allé aussi loin.

Vers 4 heures du matin, des gens viennent réveiller Mohand, au sujet de Moussa.

Palier du cinquième, portes grandes ouvertes, voisins en pyjama, peignoir, à voix basse, on murmure... Moussa... terrain vague... bizarre. Peut-être qu'il lui est arrivé quelque chose.

En jogging et pantoufles, Mohand descend chercher Moussa, une lampe torche à la main. Il le trouve près du terrain vague, dans le coma, et les poubelles.

Hôpital Parnet, les urgences, à toute vitesse, avec la Ritmo de Saliha.

Dans le hall, chaleur hammam, clim en panne, condensateur pété, on a commandé la pièce ça fait six mois.

Médecin de garde absent, son assistant *idem*, le planton, c'est lui le chef. Ancien combattant, torse velu à l'air, il sirote un thé en discutant, malades assis par terre.

Des cafards traversent le hall et pénètrent dans le grand frigo médical, en panne depuis trois mois.

Dans un coin, malades islamistes, la prière, près des toilettes grandes ouvertes.

Mohand se met à gueuler.

— Mon frère va crever, putain, qu'on amène une civière.

Morne, le planton s'approche de lui, jetant la cendre de sa cigarette par terre :

— Plus de civières, mon frère. On en a trois, elles sont toutes occupées, regarde. On en a commandé des neuves, ça fait un siècle.

Mohand voit trois pauvres éclopés sur des civières dans le hall, blessures à l'air, poussière, flaques au sol.

Mohand gesticule en hurlant de plus belle, menace d'en parler au préfet.

Infirmier en blouse souillée s'approche, chique sous la lèvre, poste de radio dans la poche, Iglesias :

— Qu'est-ce qui se passe là, du calme, du calme.

Mohand lui explique, son frère Moussa, coma, dans la voiture, civière. L'infirmier, écrasant deux cafards d'un seul coup avec sa claquette gauche :

— Bon, du calme, viens, on va voir ça, tu as garé loin ?

— Non, juste là.

Ils sortent et ramènent Moussa, toujours inanimé, dans la grande salle.

Déboule un mec lardé de coups de couteau, encadré par trois gendarmes. Le blessé a l'oreille droite arrachée, pendouille par un lambeau de chair, le sang coule à flots. Deux infirmiers se précipitent, points de suture à vif, sur la chaise même.

Nouvelle irruption, flics cette fois, deux blessés, accident de la route, bras arraché, côtes défoncées.

Tout le monde braille, des bras se lèvent, désolés, bloc de radiographie en panne, pénurie de sparadrap, de gaze, d'éther, même les ciseaux on nous les a volés.

Mohand et l'infirmier allongent Moussa sur deux chaises, hall jonché de blessés, malades en errance.

Il y a aussi des curieux du quartier, s'ennuient, pas moyen de dormir avec cette chaleur. Tricots de peau, claquettes, jouent aux dominos avec le planton, les employés, les malades.

Mohand va aux toilettes, boire un peu d'eau, WC à la turque bouchés, inondés d'urine, de selles, jusqu'à la porte, impossible d'entrer.

Lavabo, en se pinçant le nez, Mohand ouvre le robinet, rien, coupures d'eau.

Un malade qui vient de pisser à distance lui tend une écuelle avec un fond d'eau. Mohand prend l'écuelle et boit d'une prompte gorgée, en fermant les yeux.

Clope au bec, l'infirmier examine les yeux de Moussa, ses pupilles. La cendre de sa cigarette tombe sur sa blouse, geste aveugle, fait mine de l'épousseter :

— Mmm, zombretto et 6.15, classique. On en reçoit des comme ça tous les jours. Des fois des tout jeunes, complètement niqués. Mais c'est pas grave, je vais lui faire une injection, après un bon sommeil ça ira mieux. Mais... faut pas qu'il continue, faut lui parler. Il a des... problèmes ?

Étonné, Mohand :

— Des problèmes ? Euh...

L'infirmier prépare sa seringue, bac rouillé, il change sa chique et lui fait l'injection, sans alcool, sans rien avant. Ni après.

*

Douze heures plus tard, Moussa ouvre les yeux, toute la famille est autour de lui, sauf papa.

Les frangines lui ont préparé des crêpes aux œufs, la mémé lui caresse le front, en se parlant à elle-même.

Une fois seuls, Moussa explique tout à Mohand, visa refusé, titre de congé, marre de vivre, cafetière pleine. Mohand le rassure, en rigolant, t'en fais pas, demain tu l'auras, ton titre de congé, va.

Parole de grand frère, le lendemain, vers 19 heures, Mohand lui dépose le papier sur la table de la cuisine.

Deux jours plus tard, Moussa revient à la charge, consulat de France. Cinq heures tapantes, déjà dans la foule, connaît la combine, ça commence, joue à joue, peau à peau, haleines de graisse et d'effroi. Moussa serre les dents, mu par la large chair de la foule.

Onze heures quinze, enfin devant le guichet. Il tend son dossier, la blonde joues de jambon vin :

— ... je regrette, nouvelle loi, il nous faut un télex de réservation de chambre d'hôtel à Paris. Au suivant...

Moussa se retrouve sur le trottoir, avec sa rage. Derrière lui, cris de joie, applaudissements.

Il se retourne, des gens entourent quelqu'un, vient d'obtenir son visa. C'est comme ça, dès que quelqu'un réussit à l'avoir, tout le monde veut le voir physiquement, le visa, le caresser, l'embrasser, on sait jamais, la baraka.

Curiosité, Moussa s'approche de l'heureux homme.

Entouré d'une trentaine de curieux, l'heureux homme semble nimbé, aura de lumière. Moussa parvient avec peine à voir son visage. C'est Réda ? Le beau gosse, chauffeur de taxi, Stevie Wonder, oui, c'est bien lui.

Moussa n'ose pas aller le voir, il rase les murs et disparaît. Pendant que le visa fait le tour des curieux de main en main.

La mort au cœur, il rejoint la cité, colle son cul au mur, avec Spartacus, Dahmane et d'autres, et d'autres, et d'autres, et d'autres.

Nouveaux teneurs de mur, jeune relève, savent plus, un jour islamistes, un jour zombretto, souvent les deux : zombretto-islamisme.

Moussa file 100 balles à Spartacus, démerder n'importe quoi, shit, 6.15, voir plus clair. Spartacus revient avec du 6.15, parfait. Dahmane propose d'aller derrière l'immeuble, le terrain vague, les poubelles, la mer, son doux roulis.

Dahmane sort une plaque de shit, roule un joint immense, un quatre-feuilles, il propose à Moussa de l'allumer après l'avoir dédié à Dieu.

Dieu, c'est ça en fait : c'est un joint qu'on se passe et se repasse...

C'est étrange comme il fait doux, temps de soie, soleil se couche, au loin oiseaux de soir.

Moussa pense à Sahnoun, autisme, non, pas finir comme lui.

C'est en 1972 que Sahnoun a pété les plombs, la sécurité militaire. Ils avaient trouvé des tracts berbéristes sur lui, ils l'ont torturé, lui ont enfoncé une bouteille dans le cul, c'est Mohand qui m'a raconté.

Depuis, Sahnoun n'a plus ouvert le bec, dans le silence à jamais.

Du calme, ouvrir les voiles, téléphoner à Rachid, sûrement pouvoir me faire ça, télex de réservation de chambre d'hôtel de bordel de merde.

Excité, Moussa quitte la compagnie vers

22 heures, remonte chez lui et compose le numéro de Rachid, Paris.

C'est la première fois qu'il l'appelle.

Dès qu'il entend la voix de Rachid, des larmes... il sent Paris dans le téléphone, musique de fond, frigo bien plein, jambon, Heineken. La simplicité toute simple, quoi, vivre normalement le normal de la vie, le plus simplement normal du monde, pas plus.

Rachid lui promet, tout de suite le télex, pas de problème, tiens bon, on t'attend, y a moyen.

Le lendemain, la lettre de Rachid, le télex, par Sid Ali, le steward du quartier, vol Paris-Alger.

Ces jours-ci, Moussa ne dort presque plus, mange très mal, devenu irascible.

Le lundi soir, il prend son dossier et dort à la belle étoile avec le peuple sur la place des Martyrs, face au consulat.

Ferme pas l'œil de la nuit, flasques de whisky, 6.15, joint sur joint, en attendant 5 heures du matin.

Premières lueurs de l'aube, se retrouve en tête de queue, priant Vishnu ou je ne sais qui, pour que ça marche cette fois.

Neuf heures, foule foncée, onctueuse pâte d'hommes, des gosses font la queue dès l'aurore pour rien, pour vendre leur place, 500 balles. Moussa avance, millimètre par millimètre.

Devant le guichet, il donne son dossier, joues-jambon-vin, la blonde employée :

— Ah je regrette, manque les trois dernières fiches de paye. Au suivant...

Moussa se retrouve sur le pavé, les flics fracassent vite ici.

Penaud et vidé, il rentre à pied, putain de la race de la putain du monde d'enculés de la race de ce putain de pays de merde !

Boulevard front de mer, cerveau en feu, parle tout seul à très haute voix, des passants le regardent.

Les paquebots, le môle, les mouettes, Moussa ouvre son dossier et jette les papiers du parapet qui surplombe la mer. Un à un, titre de congé, certificat de travail, télex de réservation, les papiers tourbillonnent dans l'air, feuilles mortes au soleil, avant de s'enfoncer lentement dans l'eau noire des docks.

Ça y est, terminé, on n'en parle plus du tout, ni de visa, ni de rien, allez, zou. Passer à autre chose, la soirée qui arrive, comment s'envisager ça ?

S'injecter du zombretto dans l'œil, ou niquer quelqu'un pour de vrai, comme Baïza, vrreff, coup de couteau latéral dans la panse ?

Oui, mais qui ?

N'importe, le premier venu.

À hauteur de la Grande Poste, Moussa repère un passant, cadre moyen type, cartable, cravate. Fait semblant de lui demander l'heure, Moussa, et leste, lui assène deux puissants coups de tête, le laissant mariner dans son sang. Puis vite disparaît dans les ruelles, la marche lui fait du bien, arrive à Belcourt, devant la mosquée.

Manifestation islamiste, encens, musc, mort désirée immédiate, en pleurant. Tête de cortège, gosses d'à peine trois ans, en kamis, brandissent des corans plus grands qu'eux. Juste derrière, des dizaines de filles en hidjab exigent l'application stricte et immédiate de la chariaâ.

Derrière elles, le gros des troupes, au pas de combat, un, deux, un, deux, mixité interdite, on mélange pas les torchons et les serviettes.

Moussa traverse la manifestation, une balafre traverse un visage.

Il continue son chemin et arrive à la cité, petite côte, premiers bâtiments.

Sur le bas-côté, une voiture en panne, une belle 309 toute neuve. Le conducteur, sûrement un Français, la soixantaine, perplexe devant son capot ouvert.

Bricolo de quartier, Moussa s'approche :

— Des problèmes, monsieur ?

Le conducteur, bredouillant :

— Euh oui, je ne sais pas ce qui se passe, elle ne veut plus démarrer.

Moussa, cœur d'or :

— On va voir ça.

Il retrousse les manches et plonge dans le cambouis, vérifie partout, serre les cosses de la batterie.

— Essayez voir.

Le moteur vrombit du premier coup :

— Oh, c'est formidable ! Je ne sais comment vous remercier. Voulez-vous de l'argent ? Ça serait naturel...

Moussa, ému : un Français ?

— Non, non, c'est pour le plaisir.

Le Français :

— Je m'appelle Courval, je travaille au consulat de France, si jamais je peux vous être utile...

Moussa s'arrête d'écouter, Paris lui chante déjà dans le creux de l'oreille, douce rengaine à flonflons, brise sur les quais de la Marne, le vin blanc, les guinguettes...

D'une main leste, il agrippe la carte de visite de Courval, téléphone, adresse. Puis ils se quittent.

Le soir, c'est la fiesta dans le terrain vague, six bouteilles de vin, lui et Spartacus, shit et 6.15 aussi. Paris danse dorée entre les poubelles, l'air devient magique. On peut même voir clairement le métro, les grandes avenues, les bars, les blondes parisiennes...

*

Deux jours plus tard, Moussa téléphone. Courval l'invite, demeure privée, mieux pour discuter. Honoré, Moussa se rase pour la première fois depuis des mois, met un jean et une chemise propres.

Superbe villa de Courval, du côté de Birkhadem, jardin sensuel, bosquet de roses, œillets, treille de jasmin, patio mauresque, petite lumière orange sur la véranda.

Belle nuit, pivoine et basilic. Courval invite Moussa à boire, Kronenbourg bien glacée.

Après quelques phrases d'usage et une deuxième bière, Moussa lui glisse son souci :

— ... oui, vous comprenez, je peux plus vivre ici,

il faut que je parte en France, j'ai des amis qui m'attendent. Et... on m'a refusé trois fois le visa, au consulat.

Courval, souriant :

— Oh, tout peut se régler, je ne pense pas que ça puisse poser de problème, un visa. Je peux vous faire ça, il suffit juste de bien s'entendre.

Tout en discutant, Moussa flaire, quoi ? Oh...

Bizarre, bizarre.

Courval, affable, s'approche, s'approche.

Moussa flaire, bizarre, bizarre...

Puis, le déclic. Moussa comprend finalement : Courval est homosexuel, les fougueux éphèbes maghrébins, Gide, Genet, Barthes...

Non, jamais tâté à ça, pas du tout son district, Moussa pose sa bière et se lève d'un seul coup, poliment indigné.

Courval, encore plus excité par le rebelle Adonis, lui feule son désir :

— Écoute, sois gentil avec moi, Moussa, tu auras un visa d'un an. Je te donnerai des contacts pour la carte de séjour. Je connais pas mal de monde à la préfecture de Paris.

Paris, les canaris de Belleville, les manèges de Créteil, danse mobile dans les yeux, carte de séjour, faire ou ne pas faire, le rêve est là, à simple jet de main. Visa, l'Arc de triomphe, le boulevard Saint-Michel, bonne froidure, Moussa le tutoie immédiat et tranche :

— Tu as du whisky ?

Suave de charme, Courval sort une bouteille de

JB. Moussa en siffle plus de la moitié, en trois longues rasades, au goulot.

Puis, tout brandi, il tape dans ses mains en se levant :

— Bon, à nous deux, Courval.

Beaucoup plus tard, le muezzin, l'aube, Moussa se regarde dans la glace, en se lavant le visage.

Petit déjeuner, jus d'orange, miel, confiture, café, lait. En peignoir de soie, Courval lui tend une lettre de recommandation qu'il vient de rédiger, mains diaphanes, stylo de président de la République.

Moussa parcourt avidement la lettre, recommandation, visa d'une année, chose promise chose due.

Fou de joie, il rejoint la cité en fin d'après-midi, cherche Spartacus. Il le trouve avec une grappe barbue, commentent les événements de la veille. Violents affrontements, FIS contre l'armée, on parle d'une centaine de morts place du Premier-Mai, l'armée a tiré.

Moussa s'en fout, veut pas entendre, qu'ils se niquent tous. Il tire Spartacus par la manche et lui montre fièrement la lettre de Courval.

Bien sûr, euh... pas un mot à propos de... truc, là, avec Courval...

Spartacus est heureux, ils se prennent vite un fond de zombretto et décident d'aller passer la nuit devant le consulat, parmi le grand peuple des visas, l'ouverture des guichets.

Spartacus insiste pour venir, il s'ennuie et il est tellement content pour Moussa.

En chemin, ils voient des colonnes de blindés prendre position aux carrefours stratégiques, jeeps, camions militaires autour des quartiers populaires.

Ordres, contre-ordres, soldats au pas de course, baïonnettes au canon, mais qu'est-ce qui se passe ?

C'est la guerre ?

Moussa prend un journal, 5 juin 1991 : « État de siège décrété, le Premier ministre démissionne. » Ouh la, ça sent mauvais, là...

Place des Martyrs, cernée de tanks, de militaires, talkies-walkies. Moussa et Spartacus se trouvent un coin, près du grand kiosque. Pas trop de monde, à part les spécialistes du visa, se préparent à passer la nuit ici aussi, les premières places, à l'aube.

La nuit tombe vite, juste en face, le port, la mer, la grande mosquée Ketchaoua entourée de blindés.

Bien organisée, la faune qui dort là, solidarité d'urgence, on se passe des clopes, des joints, à bouffer, du café.

On se passe aussi des rumeurs, état d'urgence, guerre civile, coup d'État, vont bloquer les visas, fermer les frontières.

Comme un fil, Moussa, *in extremis*, vite traverser le chas étroit de l'aiguille. Après, ciao, recoudre sa vie, changer de race, de sexe, d'âme, de religion, de nationalité. Même israélienne, n'importe.

De temps en temps, des soldats armés jusqu'aux dents passent parmi eux, contrôles musclés, regardent les têtes, surtout les islamistes. Chargent un peu Spartacus à cause de son kamis, de sa barbe.

Mais, dès qu'ils sentent le zombretto dans son haleine, le laissent tranquille.

Moussa et Spartacus sont bien équipés, sandwichs merguez, 6.15, shit.

Moussa ressort la lettre de Courval, gourmandise, il se délecte pour la millième fois, la signature maniérée de Courval, l'en-tête doré : « Consulat de France ».

Spartacus ne sait pas lire, savoure en caressant le grain du beau papier, le relief de la signature.

Malgré les militaires, toute la nuit à rêver de Paris, magnifique clair de lune.

Aucun d'eux n'a mis les pieds à Paris, n'ont jamais quitté l'Algérie, fantasmes par contumace, par représentations, implants de souvenirs, des copains de copains qui leur ont raconté.

Moussa regarde dans le vide, il se voit à Paris : la première chose à faire, tout de suite en arrivant, c'est de commander un jambon-beurre et une Heineken bien glacée.

La deuxième, c'est de prendre un vrai bain normal, comme dans les pubs, et se laver, se laver, se laver, se laver.

Après, faudra voir, le mouvement, Rachid, les potes. Il se frotte les mains, il est déjà à Paris, le goût du jambon-beurre, il est là, mmm, sur la langue.

Spartacus le sait, qu'il ne peut même pas rêver de rêver de partir, visa ou quoi. Moussa le sait très bien, aussi. Spartacus c'est... un autre problème, le pauvre.

Cinq heures du matin, la foule prend forme doucement, petit bourgeon. Moussa et Spartacus sont en tête, à l'assaut, à ramer mer des hommes, Moussa fait la planche, se laisse porter.

Flics en place, queue plus compacte, soleil déjà vif.

Beaucoup d'habitués, on se reconnaît, signes d'intelligence.

Vers 9 heures, la cohue commence, Spartacus et Moussa serrent les coudes, avancer, avancer.

Puis soudain une idée...

Mais j'ai pas besoin de faire la queue, moi ? Que je suis bête ! Je passe direct, en principe, recommandation, la petite porte des VIP.

Confirmation de son voisin de foule, docteur ès visas.

Fous de joie, ils quittent la queue et se dirigent vers la petite porte des VIP. Spartacus l'attend fièrement en dehors de la queue, voir le visa de Moussa, l'embrasser.

Moussa grille la queue, donc. Des gens rouspètent, sifflent, piston, salauds. Un islamiste rugit, le poing en l'air, insultant Moussa qui essaye de s'expliquer :

— Mais... recommandation.

L'islamiste redouble de haine et s'approche de Moussa :

— En plus de ça tu pues l'alcool ! Sale pourriture de mangeur de porc !

Alors là, Moussa disjoncte total, c'est trop, sans savoir comment, il craque, le prend par la barbe, jette son dossier, craque Moussa, il le tire bien par la barbe. Spartacus essaye d'intervenir, impossible, trop tard, la machine est devenue folle, Moussa est devenu quelqu'un d'autre.

Grosse bagarre, Moussa tient bien l'islamiste par la barbe, Paris, bien bien, Fatiha, lui fracasse la tête, bien, la musique, contre le trottoir, bien bien, Rachid, d'hystérie, Moussa se venge, bien, l'Algérie, fracasse jusqu'à ce que les flics et les militaires viennent le maîtriser.

Mauvais coup, la nuque contre le trottoir, l'islamiste est mort.

Épilogue

Plus tard, Moussa sera déféré au parquet, homicide volontaire, vingt-cinq ans de prison. Il sera enfermé à la prison d'El Harrach.

Les six premiers mois, il les passe dans un mutisme total. Sa vie quotidienne se résume au sordide ordinaire carcéral, promenades dans la cour, réfectoire. Sinon c'est la cellule commune, plus de cinquante personnes sur des nattes.

Il se laisse pousser une longue barbe qu'il caresse sans arrêt. Il n'a jamais répondu au courrier de Rachid, Djelloul, ou de qui que ce soit, d'ailleurs.

Un jour, en promenade, il rencontre Mustapha, le frère de Fatiha, intégriste, arrêté pour raisons politiques. Ils deviennent très vite inséparables, Fatiha a deux gosses, aujourd'hui.

Mustapha et Moussa se voient tous les jours. À son contact, Moussa reprend un peu goût aux choses, il commence à jouer au foot dans l'équipe de la prison.

Chaque jour, Mustapha lui parle de Dieu, de l'Islam, la seule issue dans ce monde hypocrite et veule. Moussa écoute attentivement Mustapha, il pose des questions, cherche à comprendre.

Les semaines passent, il se débrouille un exemplaire du Coran et commence à ouvrir les pages avec soin, les pages séculaires et sacrées, brûlantes de vérité et de sagesse.

Un jour, il troque ses vêtements contre un kamis et se met à fréquenter la masse des fidèles à la mosquée de la prison. Régulièrement, avec dévotion, il s'inscrit dans les rites, ablutions, génuflexions, prières.

Une douce lumière éclaire peu à peu son âme à la lecture du texte sacré. Il se laisse volontiers aller à la rigoureuse métrique, à la flamboyante rhétorique, au souffle monumental du lyrisme.

En quelques mois, il apprend par cœur tous les versets du Coran. Il se met à lire les grandes exégèses, dévore des dizaines d'ouvrages islamiques, comprendre les querelles d'écoles, les sectes. Patience de fourmi, il décortique Boukhari, Tabari, Abu El Fida, El Mawdoudi, et pénètre dans les arcanes de la Chariaâ, la jurisprudence, les quatre rites de l'Islam, Hanéfite, Malékite, Chaféite et Hanbalite.

Le jour de l'assassinat du président Boudiaf, Moussa jeûne pendant une semaine, comme ça, en offrande à Dieu. Il est persuadé que c'est là un Signe, l'ouverture de la grande voie bénie.

Son savoir commence à faire autorité parmi les détenus, même parmi certains proches de la direction du FIS. On vient le consulter avec déférence sur des points de détail, des litiges d'interprétation. Un masque de sérénité sur le visage, Moussa tranche toujours juste, l'épée de la vérité, l'exacte frontière entre le Bien et le Mal.

Sagesse de prison, culture de la fatalité, du repentir, tout s'entremêle, fabuleux tissu gongorien et raffiné, tramé de foi, de piété, que caresse la magnanime main de Dieu.

Il rencontre aussi Gabès de Belcourt, le fou, oh, s'est assagi depuis, dans la lecture du Livre. Gabès devient le bras droit de Moussa, son secrétaire, son clerc dévoué. Gabès est fasciné par l'aura de sainteté qui émane de Moussa, assis en tailleur, caressant sa longue barbe grise.

Même Mustapha est en admiration devant l'abnégation, l'insondable spiritualité de Moussa. Une sorte de lumière invisible semble émaner de sa personne, tout le monde y est sensible.

Premières exécutions d'intellectuels, d'écrivains, de journalistes. Tahar Djaout, Laâdi Flici, Boukhobza, le professeur Bousebci, et beaucoup d'autres, égorgés, tués par balles. La liste s'allonge de jour en jour, femmes, enfants, procureurs, simples citoyens.

La répression est terrible, Moussa apprend que Spartacus est mort sous la torture, pour rien.

Une effervescence active s'empare des islamistes détenus, ça y est, c'est le vrai Djihad. Les fidèles en masse viennent se bousculer dans la cellule de Moussa, Gabès s'occupe du service d'ordre. Il fait asseoir les fidèles en cercle autour de Moussa. Tous sont venus quémander son juste avis de Moussa, son interprétation de la situation. On parle de groupes armés, d'Afghans, de maquis, un bourdonnant murmure parcourt l'assistance.

Assis sur son tapis, un chapelet à la main, Moussa lève lentement la main au-dessus de leurs têtes. Silence absolu, tous sont suspendus à ses lèvres. D'une voix métallique et chevrotante, Moussa livre enfin son commentaire, précédé de cinq citations du Coran.

Pour lui, c'est l'avènement limpide et sans équivoque du Djihad contre quiconque ose bafouer la splendeur des valeurs de l'Islam. Le Jugement dernier est proche, que chacun se prépare à ouvrir et à lire le livre de sa vie, les comptes seront justes. Mort aux hypocrites, aux laïcs, aux communistes, pas de pitié, éteindre la race vermine à la source, au besoin éliminer les femmes pécheresses, les enfants bâtards. Extirper les mauvaises herbes à jamais, blanchir la vénérable peau de l'Islam, pour que brille l'éclat de Sa gloire aux quatre coins de l'univers.

Le regard étincelant, il déclare approuver la reconduction par l'Iran de la fatwa sur Salman Rushdie, agent du sionisme international et de l'Occident mangeur de porc. Le fil de l'épée va purifier tout, le sang doit couler pour que règne la vérité, car telle est la volonté du Très-Haut. Transporté par la grâce, Moussa approuve les exécutions, en encourage la multiplication. Pour lui, c'est un acte de foi capital dans une vie, le devoir élémentaire de tout honnête musulman.

L'assistance est subjuguée par le charme, le charisme lumineux. Il leur fait répéter sept fois *Allah Ouakbar* collectivement, les murs de la prison en tremblent, beaucoup de détenus ont la chair de poule.

*

Moussa est vite adopté par le fraternel réseau de la lumière, l'immense bras de Dieu, la Pureté Absolue de la Voie. Il s'investit au point de se faire remarquer par la direction de la prison, activisme politique. On le transfère à Lambèze, le bagne des durs, les vrais de vrais.

Forteresse antique et austère, perdue dans la steppe, le bagne de Lambèze favorise la discipline, la rigueur. Moussa va y puiser sa force, va y tremper l'airain de son âme, voir au-delà du voile du réel illusoire, la blanche face du Salut.

C'est là qu'il va ciseler les véritables et définitifs contours de sa destinée, brillantes enluminures entièrement dédiées à la Gloire de l'Unique, le Seul.

Au contact des vrais dirigeants du FIS, héros du peuple, Moussa confirme de jour en jour la singularité de sa détermination. Dans le milieu carcéral islamiste, c'est déjà devenu un mythe, on l'appelle « Nour », la lumière, son nom de Cause, depuis bien longtemps déjà.

Les attentats contre les intellectuels, les artistes,

les étrangers, se multiplient dans le pays. La psychose devient absolue, les impies se terrent comme des rats, le Pouvoir est désarçonné, rien ne peut arrêter la lumière.

À partir de Lambèze, Nour coordonne les opérations en ciblant les victimes, écrivains, hommes de culture, avocats, institutrices. Décapités, égorgés, émasculés, effacer à jamais le souvenir de la trace du profond et méticuleux travail de croisade de la France en Algérie.

Nour fait tout de suite partie de la phalange mère, ceux qui décident de la direction des vents du mouvement islamiste. Tout le monde apprécie son sens de la stratégie politique, ses analyses sont toujours pertinentes, ses options radicales, sa foi limpide et inébranlable.

Jour après jour, il gravit les échelons de la considération jusqu'au jour où il est nommé émir par la direction armée islamiste. Avec le bienveillant et auguste aval des cheikhs Abassi Madani et Ali Benhadj, incarcérés eux aussi depuis longtemps dans une prison militaire.

L'émir Nour fait partie des mille évadés de Lambèze, libérés par la glorieuse armée islamique, quarante camions remplis de frères. C'était lui le cerveau et le contact à l'intérieur.

Tout s'est passé comme prévu, le plan a été peaufiné pendant de longs mois.

Soudoyer des gardiens acquis à la cause, couper les lignes téléphoniques, favoriser l'entrée des frères dans la prison, organiser le carnage et la grande fuite dans les camions.

Ce jour-là, avant l'opération, l'émir Nour s'est enfermé dans une longue prière silencieuse, méditation totale, interdit de le déranger, Gabès est là pour dissuader.

Le moment venu, l'émir Nour et Gabès se sont faufilés en silence dans le poste de permanence, trois gardiens. *Allah Ouakbar*, les couteaux ont glissé sous les gorges, le sang purifie. Ensuite ils ont neutralisé toutes les sentinelles des miradors au couteau. Puis ils ont ouvert les grandes portes du bagne et fait entrer les frères dans le réfectoire, au foyer, dans les dortoirs, carnage total, pratiquement aucune résistance.

Juste avant l'assaut, l'émir Nour et Gabès se sont rués vers la salle de garde, les clefs des geôles. Dans les mains de l'émir, une kalachnikov qu'un frère lui a lancée au passage. La salle de garde, une dizaine de soldats, des jeunes appelés jouant aux cartes. Au nom de Dieu, l'émir a vidé sa kalachnikov sur eux en visant à la tête, Gabès a achevé les blessés au couteau.

L'enfer de la fusillade a duré plus de deux heures, aboyantes kalachnikovs, grenades qui dévastent en ouvrant le passage.

Dans un coin, un jeune appelé, à genoux, récitait la profession de foi en tremblant. Sans sourciller, Gabès lui a éclaté la carotide.

Après, ils ont ouvert toutes les cellules et fait monter les mille frères dans les camions, direction les montagnes toutes proches, les maquis. Au passage, ils ont pris des armes, des munitions, des talkies walkies, des véhicules militaires.

Aujourd'hui, l'émir Nour est un membre éminent du GIA, il vit dans les maquis de Djidjel, organise des attentats, égorge les victimes de sa propre main et maudit l'Occident.

Ce volume a été composé et mis en pages
par ÉTIANNE COMPOSITION
à Montrouge.

Cet ouvrage a été imprimé par

FIRMIN DIDOT

GROUPE CPI

Mesnil-sur-l'Estrée

pour le compte de France Loisirs
en novembre 2003

Imprimé en France

Dépôt légal : novembre 2003
N° d'édition : 39484 – N° d'impression : 65653